AF503120

EDMOND & JULES DE GONCOURT

HENRIETTE
MARÉCHAL

DRAME EN TROIS ACTES EN PROSE

Représenté pour la première fois sur le Théâtre-Français, le 5 décembre 1865

PRÉCÉDÉ

D'UNE HISTOIRE DE LA PIÈCE

PARIS

LIBRAIRIE INTERNATIONALE

15, BOULEVARD MONTMARTRE

A. LACROIX, VERBOECKHOVEN & Cᵉ, ÉDITEURS

à Bruxelles, à Leipzig et à Livourne

1866

HENRIETTE MARÉCHAL

ROMANS

DE

EDMOND ET JULES DE GONCOURT

Artistes

LES HOMMES DE LETTRES.
L'ATELIER LANGIBOUT (en préparation).

Bourgeois

RENÉE MAUPÉRIN.
MADAME TONY FRENEUSE (en préparation).

Peuple

SŒUR PHILOMÈNE.
GERMINIE LACERTEUX.

A

M. ÉDOUARD THIERRY

A L'ADMINISTRATEUR DU THÉATRE-FRANÇAIS

NOUS DÉDIONS CETTE PIÈCE

QU'IL A EU LE COURAGE D'ACCUEILLIR

12 Décembre 1865.

HISTOIRE DE LA PIÈCE

Voici une pièce qui excite bien des passions, bien des colères, et bien des haines.

Nous allons raconter son histoire. Et cette histoire restera une page curieuse et instructive de l'histoire littéraire de ce temps-ci.

Nous demandons pardon au public de lui parler de nous : notre excuse est de ne lui en avoir jamais parlé jusqu'ici.

Nous terminions, au mois de décembre 1863 (1), le drame intitulé *Henriette Maréchal ;* et vers la fin de janvier 1864, nous le présentions à M. de Beaufort, alors directeur du Vaudeville. Dans le mois de juin ou de juillet, M. de Beaufort nous le rendait, en nous disant, de premier mot, très-nettement, qu'elle était impossible. Nous essayions de faire valoir auprès de lui la nouveauté au théâtre de l'acte de l'Opéra ; il nous répondait que cela avait été fait par tout le monde. Nous lui demandions

____

(1) Nous appelons l'attention du public sur cette date, qui a son importance pour l'originalité de notre pièce.

s'il ne croyait pas notre pièce, telle qu'elle était, appelée à plus de représentations que la pièce qu'il avait jouée cette semaine-là, et qui était morte au bout de trois soirées : il nous laissait entendre, d'ailleurs très-poliment, qu'il ne le croyait pas. Sur ce refus, nous jetions, assez découragés, notre pièce dans un tiroir, nous promettant de revenir plus tard à la scène par le roman, et de ne plus frapper à la porte d'un directeur qu'avec un de ces noms qui se font ouvrir le théâtre.

Le travail et l'émotion d'écrire *Germinie Lacerteux* nous faisaient complétement oublier notre pièce, quand, un soir du printemps de 1865, un de nos amis ayant une soirée à passer avec nous, et ne sachant comment la perdre, nous demanda de lui lire notre *Henriette*. Nous eûmes assez de mal à retrouver le manuscrit. A la fin de la lecture, l'ami fut pris par l'intérêt de la pièce, nous complimenta, nous prédit que nous serions joués. Nous ne le croyions guère, sachant toute la répugnance des directeurs à accepter une pièce de gens accusés de littérature, de style, et d'art. Cependant cette lecture nous avait, malgré nous, un peu rattachés à *Henriette*. A ce moment, M. de Girardin venait de lire le *Supplice d'une femme* chez la princesse Mathilde. Nous avions l'honneur d'être reçus dans ce salon. Nous pensâmes qu'une lecture, là, devant un public d'hommes de lettres, aurait peut-être chance de valoir à notre pièce une heure d'attention, la lecture personnelle d'un directeur de théâtre comme M. Harmand, qui avait succédé à M. de Beaufort, ou comme M. Montigny. La pièce fut lue. Elle souleva, dans le salon, des objections et des sympathies. Quelques journaux annoncèrent cette lecture, et quelques jours après nous écrivions à M. Harmand pour lui demander un rendez-vous. Nous attendions la réponse du directeur du Vaudeville, lorsque nous reçûmes la lettre suivante de M. Théodore de Banville, qui avait été l'un des écouteurs et l'un des applaudisseurs d'*Henriette :*

Mardi, 11 avril 1865.

« Mes chers amis,

« Édouard Thierry (ceci est confidentiel) m'a exprimé un vif désir de connaître votre pièce. Il est un de vos ardents admirateurs, il a dit du bien de vos livres dans les papiers imprimés, et dans ce moment-ci même, ayant à monter une pièce dont l'action se passe sous le Directoire, il consulte et relit sans relâche votre *Histoire de la société française sous le Directoire*.

« Je lui ai fait observer que votre talent, votre situation littéraire et la juste renommée acquise par vos longs efforts ne vous permettent pas de vouloir être refusés à un théâtre. Mais il le comprend aussi bien et mieux que moi. Aussi est-ce à un point de vue non officiel et absolument amical qu'il vous prie de faire connaître votre pièce à l'homme de lettres Édouard Thierry, à qui elle inspire une vive curiosité. Pour votre gouverne, sachez bien, au pied de la lettre, que ce désir a été réellement et spontanément exprimé par Thierry, sans aucune provocation de ma part... »

Là-dessus nous hésitions. A quoi servirait cette com-

munication de notre manuscrit? A rien, nous disions-
nous. Cependant un soir, passant rue de Richelieu, nous
montions au Théâtre-Français; nous ne trouvions pas
M. Thierry.

Le 21 avril, M. Harmand nous répondait qu'il serait
très-heureux de nous offrir une lecture, mais après la
pièce qu'il montait, le *Monsieur de Saint-Bertrand* de
M. Ernest Feydeau. Nous avions reçu, avant cette ré-
ponse de M. Harmand, une lettre où M. Thierry s'excu-
sait de ne pas s'être trouvé au théâtre lorsque nous y
étions venus, et se mettait à la disposition de notre jour
et de notre heure. Nous allions le voir, nous lui expo-
sions très-nettement l'inutilité, pour lui, de lire notre
pièce, une pièce qui ne rentrait pas dans le cadre ordi-
naire du répertoire des Français. M. Thierry insistait
pour lire *Henriette;* et il mettait tant de bonne grâce et
de bon désir à vouloir la connaître, que nous cédions.
N'ayant aucune idée que notre pièce pût être retenue par
le Théâtre-Français, et pressés par un rendez-vous que
nous venions de recevoir de M. Harmand, nous écrivions
à M. Thierry de nous renvoyer notre pièce. M. Thierry
nous la renvoyait avec cette lettre :

« Messieurs et chers confrères,

« J'avais l'espérance que vous voudriez bien venir hier
reprendre votre manuscrit ; il paraît que vous comptiez
sur moi pour vous le renvoyer ; je vous le renvoie donc
avec mes compliments les plus sincères. Je ne sais pas

si le Vaudeville vous attend et si vous êtes en pourparlers avec lui ; ce que je sais, c'est que la pièce ne me semble pas plus impossible au Théâtre-Français qu'au Vaudeville. Ce que le Théâtre-Français retrancherait dans le premier acte, sera retranché partout ailleurs et avec les mêmes ciseaux, ceux de la commission d'examen. Le dénoûment est brutal, je ne dis pas non, et le coup de pistolet est terrible ; mais il n'y a pas encore là, d'impossibilité absolue. Au fond, je vois dans votre pièce, non pas précisément une pièce bien faite, mais un début très-remarquable, et pour ma part je serais heureux de présenter au public cette première passe d'armes de deux vrais et sincères talents qui gagnent leurs éperons au théâtre.

« Tout à vous,

« ED. THIERRY.

« 27 avril 1865. »

Sur cette lettre, qui nous mettait au cœur des espérances dépassant nos ambitions, nous rapportions notre manuscrit au Théâtre-Français.

Quinze jours après, nous obtenions une lecture du Comité ; et le 8 mai, les sociétaires de la Comédie-Française nous faisaient l'honneur de recevoir notre pièce à *l'unanimité*.

On a parlé de protections, d'influences ayant déterminé cette réception. C'est une injure gratuite contre l'indépendance bien connue du Comité, auprès duquel rien ne nous a recommandé qu'un passé de travail, des

livres d'histoire honorés de l'éloge d'un adversaire comme
M. Michelet, des romans dont toute la critique s'est
émue. Et pourquoi n'y aurait-il pas là des titres au
rare honneur d'un début sur la première scène littéraire
de France?

Pendant l'été, nous remaniâmes, sur les intelligentes
indications de M. Thierry, notre troisième acte, pour
adoucir, au point de vue de la scène, ce qui était logi-
que, mais ce qui pouvait être antipathique dans la pas-
sion de la mère. La pièce était distribuée. Madame
Arnould-Plessy daignait accepter le rôle de la mère.
M. Got, M. Bressant, M. Lafontaine, madame Victoria
Lafontaine, mademoiselle Dinah Félix, voulaient bien
donner à nos débuts l'appui de leurs noms et de leurs
talents. Nous recevions le bulletin de la première répéti-
tion, lorsque M. Delaunay, obéissant à des scrupules et à
des modesties exagérées d'artiste, rendait le rôle de *Paul
de Bréville*, pour lequel il ne se croyait plus suffisam-
ment jeune. Ce refus de M. Delaunay arrêtait tout. Nous
vîmes notre pièce perdue, au moins pour le moment, et
nous partîmes, assez désespérés, nous enterrer à la
campagne dans le travail et la consolation d'un grand
roman.

Cependant la presse, avec une sympathie dont nous
avons gardé le souvenir, combattait le refus de M. De-
launay. Un critique, que toutes les questions de théâtre
trouvent à son poste de feuilletonniste, armé de con-
science et de bon sens, M. Sarcey, pressait M. Delaunay,
au nom des auteurs et du public, de revenir sur sa réso-
lution et d'oser avoir vingt ans, les vingt ans de son talent.
Devant cet intérêt de la presse, la situation du théâtre,

celle des deux auteurs, M. Delaunay cédait, et nous recevions tout à coup un beau jour, le 4 novembre, — dans le trou où nous étions terrés, ne pensant plus à notre pièce, — une lettre de M. Thierry qui nous annonçait en même temps la bonne nouvelle, et l'entrée en répétitions d'*Henriette*.

La pièce était répétée. Les excellents acteurs qui devaient la jouer mettaient au service des auteurs tous leurs efforts, toute leur expérience, donnaient, nous pouvons le dire, tout leur cœur à la pièce. La confiance d'un grand succès était dans tout le théâtre ; et le succès paraissait éclater déjà aux dernières répétitions, devant l'admirable jeu des scènes d'amour.

Pendant ce temps, la chronique s'emparait déjà de notre pièce. Et cette chronique, qu'on a dit avoir d'avance tant soutenu notre pièce, commençait à lui faire la méchante et basse guerre des cancans calomnieux, des citations falsifiées, et des dénonciations anonymes. Les petites informations empoisonnées s'écoulaient dans les Correspondances. Le *Nord* signalait et racontait notre premier acte, en lui prêtant les couleurs d'une turpitude immorale ; et nous ne savons comment l'article non signé du *Nord* parvenait, sous bande, à la censure.

Enfin arrivait la première représentation. Elle avait lieu le 5 décembre. Tous les journaux ont raconté ce qui s'y passa. Deux hommes seulement, dans toute la presse, n'ont pas vu ce soir-là de cabale dans la salle : ce sont M. de Biéville, du *Siècle*, et M. Béchard, de la *Gazette de France*. — Le rapprochement de ces deux extrêmes nous semble assez curieux pour le noter en passant.

Qu'y a-t-il maintenant au fond de toutes ces colères, au fond de toutes ces passions ennemies et jalouses ?

Il y a trois questions :

La question littéraire ;

La question politique ;

La question personnelle, — ou plutôt la question sociale.

La question littéraire? — Celle-là, laissons-la de côté, nous y reviendrons plus tard. Mais aujourd'hui, il serait niais de discuter, de répondre, de se défendre, à propos d'art, quand cinquante sifflets d'omnibus écrasent tous les soirs une pièce que la salle veut écouter, quand une petite fraction des écoles (1) couvre de la tyrannie de son goût et de la révolte de ses pudeurs les applaudissements des loges, de l'orchestre, des femmes de la société, des hommes du monde, du public élégant, intelligent et lettré de Paris. Non, pas de discussion. Nous nous inclinons devant nos maîtres, devant les maîtres de l'Odéon devenus les maîtres du Théâtre-Français, et que nous espérons bien voir demain les maîtres de toutes les scènes, y décidant la chute de ce qui leur déplaira, empêchant les avenirs dont ils ne voudront pas, et tuant, du haut des cintres, toute pensée qu'ils voudront tuer, par-dessus la tête du public et la plume de la critique (2) !

(1) Voir les deux pièces que nous donnons à l'*Appendice.*

(2) Nous n'avons que le temps de remercier, en courant, MM. Jules

La question politique? — Vidons-la nettement pour n'avoir plus à y revenir.

On dit, on imprime même, qu'on siffle notre pièce parce que le gouvernement l'a fait jouer, parce que la princesse Mathilde l'a imposée au Théâtre-Français, parce que nous sommes des « protégés », des courtisans !

Nous, des protégés ! Nous, les seuls hommes de lettres qu'on ait fait asseoir en 1852 entre des gendarmes, sur les bancs de la police correctionnelle, pour délit de presse ! Nous, auxquels le ministère de la police d'alors donnait l'avertissement de ne plus écrire dans les journaux....

Nous, des courtisans !... Mais qui sommes-nous donc ? Rien que des artistes qui n'ont jamais appartenu à un parti. Si nos études nous ont donné un peu de justice, et quelquefois un peu de regret pour le passé, nous croyons que nous avons montré dans nos livres historiques assez d'indépendance pour mécontenter toutes les opinions ; et nous avons cette conscience que nos romans se sont assez intéressé aux misères populaires du présent, et aux larmes des pauvres.

Arrivons à ce grand crime que nous lisons partout et qui a rempli tous ces jours-ci de circulaires le Quartier Latin : la protection de la princesse Mathilde.

Ici, on nous permettra bien quelques détails — et quelques vérités.

Janin, Théophile Gautier, Nestor Roqueplan, Paul de Saint-Victor, Ernest Feydeau, Xavier Aubryet, Louis Ulbach, Francisque Sarcey, Jouvin, Jules Richard, Jules Claretie, Camille Guinhut, Henry de Bornier, et tous ceux que nous oublions.

Après dix ans de travail solitaire, acharné, enragé, sans publicité, presque sans amis, un jour un de nos amis, M. de Chennevières, vint nous dire que la maîtresse d'un des grands salons de Paris, ayant lu nos livres, désirait nous connaître. C'était la première fois qu'un salon s'ouvrait devant nos titres littéraires. Il y avait presque quatre ans que nous n'avions mis d'habit. Nous allâmes dans ce salon, dans le salon de cette femme, une artiste qui est coupable d'être née princesse. Nous y trouvâmes toutes les libertés et presque toutes les intelligences, des artistes et des hommes de lettres comme nous, des philosophes, des savants, des poëtes : M. Renan et M. Berthelot, M. Claude Bernard et M. Taine, M. Sainte-Beuve et M. Bertrand, M. Théophile Gautier, M. Gustave Flaubert, M. Paul de Saint-Victor, M. Dumas fils, M. Émile Augier, les peintres, les sculpteurs d'avenir et de talent. Nous entendîmes là, dans ce salon d'art et de libre pensée, M. Sainte-Beuve défendre Proudhon, et M. Charles Blanc demander la levée de l'interdiction de la vente sur la voie publique pour l'*Histoire de la Révolution* écrite par son frère. Ce fut là, devant un public de lettres, que nous lûmes *Henriette Maréchal* à l'exemple d'autres auteurs plus connus que nous, aussi soucieux de leur dignité, et qui ne croyaient pas faire acte de d'insolence envers le public, en consultant le premier salon de Paris sur l'effet d'une œuvre dramatique.

Est-ce pour cela qu'on nous siffle, et qu'on veut empêcher notre pièce de parler au public? Mais alors qui peut dire si demain on n'ira pas huer au Salon les toiles de M. Baudry, ou de M. Hébert, parce que la maîtresse

de ce salon aura été les voir dans leur atelier ? Et pour-
quoi ne ferait-on pas une partie d'aller casser à une
prochaine exposition les sculptures de ce grand sculp-
teur, M. Carpeaux, parce qu'il a eu l'imprudence de
faire un chef-d'œuvre du buste de la maîtresse de ce
salon ?

Si ce n'est pas pour cela qu'on nous siffle, est-ce pour
quelque chose de plus grave ? Est-ce parce que « cette
haute protection », comme on l'appelle, a fait pour nous
ce qu'elle a fait pour d'autres, — pour M. Louis Bouilhet,
par exemple, à propos de *Faustine?* Est-ce parce qu'elle
a défendu notre pièce contre la menace d'interdiction de
la censure (1) ?

Nous ne pouvons le croire. Nous ne pouvons croire
que ce qui s'appelle la jeunesse française en 1865 ait
les ciseaux de la censure dans son drapeau.

Mais, quoi qu'il en soit, puisqu'il semble y avoir
quelque péril en ce moment à ne pas désavouer notre
reconnaissance pour une princesse qui n'a d'autres
courtisans que des amis, nous la remercions ici haute-
ment et publiquement avec une gratitude qui serait
presque tentée de lui souhaiter une de ces fortunes où

____

(1) A propos de ceci, M. Feydeau, dans un remarquable article,
rappelait que ce fait d'une haute protection n'était pas nouveau ; que
M. Augier avait eu besoin de la volonté de l'Empereur pour se faire
rendre par la censure le *Fils de Giboyer* ; M. Alexandre Dumas fils,
de l'intervention de M. de Morny, pour faire lever l'interdiction de la
Dame aux camélias. — Et puisqu'ici les noms de ces deux maîtres du
théâtre moderne viennent sous notre plume, disons à M. Émile Augier
et à M. Alexandre Dumas fils combien nous avons été consolés par les
bravos donnés par eux à une pièce qu'honorait encore l'applaudisse-
ment de madame Sand.

l'on peut éprouver, autour de soi, le désintéressement
des dévouements.

Arrivons à la dernière question, à la question person-
nelle, et cherchons en nous tout ce qui peut expliquer
cet inexplicable déchaînement d'hostilités.

D'abord nous avons le malheur de nous appeler mes-
sieurs *de* Goncourt.

Mon Dieu! ce n'est pas nôtre faute. Nous ne faisons
que porter le nom de notre grand-père, un avocat,
membre de la Constituante de 89; le nom de notre père,
un des plus jeunes officiers supérieurs de la Grande
Armée, mort à quarante-quatre ans des suites de ses
fatigues et de ses blessures, des sept coups de sabre sur
la tête d'une action d'éclat en Italie, de la campagne
de Russie faite tout du long avec l'épaule droite cassée
le lendemain de la Moskowa.

Puis nous avons encore le malheur de passer pour
être riches, de passer pour être heureux, de passer pour
être arrivés facilement...

Eh bien! puisque, dans ce moment du siècle, c'est une
suspicion et une raison d'ostracisme que l'apparence de
la fortune et du bonheur, il nous faut essayer de désar-
mer l'envie, en la consolant un peu.

Nous avons travaillé quinze ans, renfermés, solitaires,
acharnés au travail. Nous avons eu toutes les défaites,
tous les chagrins, tous les désespoirs, toutes les attaques,
toutes les injures amères de la vie littéraire. Nous avons
saigné dans notre orgueil, pendant de longues heures
d'obscurité. Pendant des années, c'est à peine si nos
livres nous ont payé l'huile et le bois de nos nuits. Nous
sommes arrivés pas à pas, livre à livre, obligés de tout

disputer et de tout conquérir. Et nous avons mis quinze ans enfin à parvenir au Théâtre-Français.

Pour notre fortune, nous n'avons pas tout à fait douze mille livres de rentes à nous deux. Nous logeons au quatrième, et nous avons une femme de ménage pour nous servir.

Et pour notre bonheur, il ne faut pas qu'on se l'exagère tant : nous avons l'un une maladie de nerfs, l'autre une maladie de foie, qui doivent assurer nos ennemis de nos souffrances dans la cruelle bataille des lettres ; deux maladies qui finiront peut-être un jour par nous faire mourir, — à moins que nous ne mourions d'autre chose, tous les deux ensemble, selon des promesses qu'une menace a bien voulu nous faire.

EDMOND et JULES DE GONCOURT.

12 décembre 1865.

Il nous reste à demander pardon au talent, au courage de nos grands acteurs, aux talents de madame Arnould-Plessy, de madame Victoria Lafontaine, de M. Delaunay, de M. Got, de M. Lafontaine, pour les avoir exposés à ces huées sauvages. Nous faisons personnellement des excuses à madame Plessy, pour lui avoir fait subir des insultes qu'un public français n'avait jamais encore fait subir, du moins là, à une actrice de génie qui a marqué, dans cette soirée du 5 décembre, sa place entre madame demoiselle Rachel.

PROLOGUE [1]

Bast! tant pis, Mardi gras a lâché sa volière,
Et l'essaim envahit la maison de Molière,
Cent oiseaux de plumage et de jargon divers;
Moi, je viens, empruntant aux *Fâcheux* ces deux vers,
Dire au public surpris : « Monsieur, ce sont des masques
Qui portent des crincrins et des tambours de basques. »
Des masques? Vous voyez un bal au grand complet;
Mais Molière, après tout, aimait fort le ballet.
Les matassins, les turcs et les égyptiennes
Se trémoussent gaîment dans les pièces anciennes.
L'intermède y paraît vif, diapré, joyeux,
Au plaisir de l'esprit joignant celui des yeux,
Et pour les délicats c'est une fête encore
D'y voir en même temps Thalie et Terpsichore;
Ces Muses, toutes deux égales en douceurs,
Se tenant par les mains comme il sied à des sœurs.
Quand s'interrompt d'Argan la toux sempiternelle,
On s'amuse aux archers rossant Polichinelle,

(1) Ce prologue a été dit, au lever du rideau, par mademoiselle
Ponsin.

Et les garçons-tailleurs s'acceptent sans dédain
En cadence apportant l'habit neuf de Jourdain.
Le bon goût ne va pas prendre non plus la mouche
Pour quelques entrechats battus par Scaramouche.
Seulement, direz-vous, ces fantoches connus
Sont traditionnels, et, partant, bien venus.
Leur visage est coulé dans le pur moule antique,
Et l'Atellane jase à travers leur portique ;
Même pour des bouffons, l'avantage est certain
De compter des aïeux au nom grec ou latin.
Nous autres, par malheur, nous sommes des modernes,
Et chacun nous a vus, sous le gaz des lanternes,
Au coin du boulevard, en quête d'Evohé,
Criant à pleins poumons : « Ohé, c'te tête, ohé ! »
Pierrettes et pierrots, débardeurs, débardeuses
Aux gestes provoquants, aux poses hasardeuses,
Dans l'espoir d'un souper que le hasard paîra,
Entrer comme une trombe au bal de l'Opéra.
Pardon, si nous voilà dans cette noble enceinte
Grisés de paradoxe, intoxiqués d'absinthe,
Près des masques sacrés, nous, pantins convulsifs ;
Aux grands ennuis, il faut des plaisirs excessifs,
Et notre hilarité furieuse et fantasque,
En bottes de gendarme, un plumeau sur le casque,
Donnant à la Folie un tamtam pour grelot,
Aux rondes du Sabbat oppose son galop.
Mais, hélas ! nous aussi, nous devenons classiques,
Nous, les derniers chicards et les derniers caciques,
Terreur des dominos, repliant le matin,
Chauves-souris d'amour, leurs ailes de satin.
Bientôt il nous faudra pendre au clou dans l'armoire
Ces costumes brillants de velours et de moire.
Le carnaval déjà prend pour déguisement
L'habit qui sert au bal comme à l'enterrement.

Il vient à l'Opéra, grave, en cravate blanche,
Gants blancs, souliers vernis, et du balcon se penche ;
Hamlet du trois pour cent, ayant mis un faux nez,
Il débite son *speech* aux titis avinés.
L'outrance, l'ironie et l'âcre paroxysme,
L'illusion broyant les débris de son prisme,
Tous les moxas brûlants qu'applique à son ennui
La génération qui se nomme Aujourd'hui,
Mêlent leur note aiguë à l'étrange harangue
Dont la vieille Thalie entendrait peu la langue ;
Dialecte bizarre, argot spirituel
Où de toutes ses dents rit le rire actuel !
Si le théâtre est fait comme la vie humaine,
Il se peut qu'un vrai bal y cause et s'y promène.
Or donc, excusez-nous d'être de notre temps,
Nous autres qui serons des types dans cent ans.
Pendant que la parade à la porte se joue,
Le drame sérieux se prépare et se noue,
Et quand on aura vu l'album de Gavarni,
L'action surgira terrible...

UN MASQUE, l'entraînant.

As-tu fini !

THÉOPHILE GAUTIER.

ACTE PREMIER

—

LE BAL DE L'OPÉRA

PERSONNAGES

PIERRE DE BRÉVILLE.	MM. Got.
PAUL DE BRÉVILLE	Delaunay.
M. MARÉCHAL..	Lafontaine.
HENRIETTE MARÉCHAL. . . .	Mᵐᵉˢ Victoria-Lafontaine.
MADAME MARÉCHAL.	Arnould-Plessy.
THÉRÈSE.	Dinah-Felix.
UN MONSIEUR EN HABIT NOIR.	M. Bressant.
MASQUES ET DOMINOS.	MM. Seveste, Guérin, Tronchet, Mᵐᵉˢ Rosa Didier, Lloyd, Barretta, Ramelli.
AMIS.	MM. Montet, Prudhon.

HENRIETTE MARÉCHAL

ACTE PREMIER (1)

LE BAL DE L'OPÉRA

(Le théâtre représente le corridor des premières loges. On voit au fond les portes des loges et au-dessus la galerie du balcon. — Des masques passent. Porte d'un escalier à droite. — Des masques au balcon.)

SCÈNE PREMIÈRE

UN MASQUE.

Voilà le plaisir, mesdames ! voilà le plaisir !

UN AUTRE MASQUE à un domino.

Pardon, madame, je ne crois pas me tromper, j'ai eu

(1) Nous donnons ici notre pièce telle que nous l'avons conçue et écrite. Nous avons de nous-mêmes fait des coupures, aux représenta-

l'honneur de vous rencontrer dans le monde : à la Closerie des Lilas...

UN MASQUE à une femme.

Angelo del mio cor !

LA FEMME.

Savoyard, va !

UN DOMINO.

Anatole !

UN MASQUE.

S'il vous plaît !

UNE FEMME descendant l'escalier de droite.

Oh ! monsieur, tu me chiffonnes ! (Apercevant un vieux monsieur endormi sur une banquette auprès de l'escalier.) Gendarme ! arrêtez monsieur : il dort !

tions, sans pour cela abandonner ni désavouer un mot ni une phrase de notre œuvre. On comprendra que, quand on a le triste honneur de faire insulter, trois heures durant, des talents comme MM. Delaunay, Bressant, Got, Lafontaine, des femmes comme madame Plessy et madame Victoria Lafontaine, c'est bien le moins qu'on cherche à leur épargner le plus dur des insultes. — Nous avons cru aussi devoir détailler les indications de scène, pour consacrer le souvenir d'une mise en scène à laquelle le Théâtre-Français avait mis tous ses soins, tout son art.

PREMIER MASQUE.

Ange adoré! vous appartenez à un sexe qui est la plus belle conquête que l'homme ait faite sur les animaux...

UNE FEMME.

Oh! la la!

DEUXIÈME MASQUE.

Qui est-ce qui a vu ma femme?

PREMIER MASQUE à une femme.

Ton nom?

LA FEMME.

Marguerite.

PREMIER MASQUE.

Marguerite? Charmant!... Il y a une fleur comme ça qui tire les cartes à l'Amour : un peu, beaucoup, passionnément...

LA FEMME.

Pas du tout!

UN MASQUE en postillon, arrivant à cheval sur une banquette.

Mes enfants, voilà le faubourg Saint-Germain qui arrive! Il suit mes bottes! Tout le monde sur le pont!

(Regardant le vieux monsieur sur la banquette :) Oh ! c'te tête ! Portons ce monsieur-là en triomphe ! Il ressemble au cheval de La Fayette... Je l'ai connu ! Je te dis que si ! Il était blanc, toi aussi! Hop là ! hop ! houp ! Enlevé, le bourgeois ! (Les masques enlèvent le vieux monsieur sur leurs épaules.) Et voilà ce que c'est que la Gloire ! En avant !... arche !

(La troupe de masques disparaît par l'escalier à droite.)

SCÈNE II

PIERRE et PAUL, arrivant et venant sur le devant de la scène. — Des masques au fond.

PIERRE.

Écoute-moi, mon cher ami : tu as dix-sept ans, j'en ai trente-cinq. De notre famille, il ne nous reste que des parents. Tu es mon frère... et je suis un peu ton père... (Paul lui serre la main.) C'est vrai, je t'ai un peu élevé. Dieu merci ! je suis bronzé pour deux... Quand on a été consul à Caracas, chercheur d'or à San-Francisco, et mangeur d'argent à Paris, on a des notions pratiques pour l'éducation des garçons. Aussitôt que tu as eu des poings, je t'ai appris à ne pas battre ceux qui étaient plus petits que toi, et à ne pas être battu par ceux qui étaient plus forts. Au bain, je t'ai mené tout de suite où tu n'avais

pas pied, en pleine eau. A dix ans, je t'ai planté sans
selle sur un cheval. Quand tu as voulu fumer, je t'ai
acheté une pipe, pour que tu ne fumes pas les cordons
de tes souliers. Au collége, je t'ai fait prendre des leçons
d'armes, pour te donner le droit de ne pas être insolent.
Je t'ai formé, je t'ai armé comme j'ai pu. Aujourd'hui,
tu es bachelier ; tu sais tout ce qu'il est convenable et
inutile de savoir : le grec, l'algèbre et la philosophie. Il
ne te reste plus rien à apprendre pour être un homme...
rien que la vie ; et la vie, c'est la femme, à ton âge. (Pierre
lui prend le bras; ils se promènent.) Oui, la femme. Allons, voyons
confie-moi ça, et je n'en rirai pas... Tu as fait tous les
songes qu'on fait quand on rentre le dimanche soir au
dortoir du collége. Tu es persuadé qu'il va t'arriver
quelque chose. Tu espères je ne sais quoi : une lettre, un
rendez-vous, un billet non signé, une voiture qui t'em-
portera, les yeux bandés, la nuit, à la porte d'un petit
parc... Tu penses à des aventures... La femme est de-
vant toi comme un monde non découvert : c'est immense,
vague, périlleux et tentateur...

PAUL.

Oui, c'est vrai !

PIERRE.

Parbleu ! (Il s'arrête.) Eh bien ! mon ami, rien n'arrive.
Figure-toi que le monde est devenu plat comme une
pièce six liards. Les romans devraient être poursuivis

comme fausses nouvelles. Toutes les aventures sont en-
terrées, l'imprévu est fini, le Hasard est mort! Jamais
votre portier ne vous donne une lettre qui sent bon, sans
que vous en reconnaissiez l'écriture... Et voilà pourquoi
je t'ai amené ici pour que tu ne rêves ni l'amour, ni la
femme, ni le bal de l'Opéra. Le bal de l'Opéra, tu y es...

(Il bâille et remonte la scène; Paul le suit.)

PAUL.

Tu t'ennuies?

PIERRE.

Non, je bâille... L'amour et la femme? (Il lui montre la
salle par un carreau de loge.) Voilà deux mille femmes comme
Diogène : elles cherchent toutes un homme! Il y en a
trois cent cinquante-neuf qui ont leur montre au mont-
de-piété, cinq cent quarante-et-une qui ont besoin de
payer leur terme, six cent vingt-trois qui veulent se
meubler en palissandre, cent vingt-deux qui ont envie
de louer un coupé au mois... Il y en a, à l'heure qu'il est,
douze cents qui ont soif, et demain matin sur le coup de
six heures, les deux mille auront faim! Et maintenant,
(Il redescend la scène.) va! Je t'ai mis un peu de champagne
dans la tête, et un peu d'argent dans la poche. Cours,
monte, descends, regarde danser, arrête les dominos
dans les escaliers, offre des oranges aux bergères des
Alpes! Amuse-toi, sapristi! Il te manque des cheveux

gris et une épingle en faux sur ta chemise ; tu es jeune
et tu n'es pas laid : les femmes ne te diront rien, parle-
leur ! Si on te blague, fais semblant de rire ! Si des épaules
te passent sous le nez, ne rougis pas !... Et si, par hasard,
tu rencontres dans les corridors la femme honnête, la
femme du monde qui vient au bal de l'Opéra tous les
cent ans, fais-lui une cour effrontée et une égratignure
au visage ! Déchire-lui la dentelle de son masque, et vole-
lui dans sa poche la carte de son mari pour la recon-
naître ! Des folies, mon garçon, des folies ! Et à tout à
l'heure...

(Il remonte la scène et sort par le corridor de gauche.)

SCÈNE III

PAUL, seul.

C'est donc cela le bal de l'Opéra ! J'y suis, c'est cela,
j'y suis... (Il regarde aux carreaux des loges, puis redescend la scène et
vient s'asseoir sur la banquette.) Oh ! oui, j'en ai rêvé ! C'est drôle,
je suis comme quand j'allais, enfant, sur les boulevards,
le mardi gras, dans les masques : ça m'amusait, et j'avais
peur ! Je me sentais tout petit dans la foule, et tout seul
dans tout ce monde... (Il se lève et se promène.) J'ai la musi-
que dans la tête... et quelque chose dans la poitrine qui
me passe... Il y a un domino qui m'a regardé, il m'a
semblé, en montant... Si j'allais tout en haut, pour voir

3

danser?... Lui, ça l'ennuie, il ne s'amuse plus... Il faut
que je parle à une femme... Oui, il faut que je parle à
une femme... Mon Dieu! comme il fait chaud!

SCÈNE IV

PAUL, UNE FEMME en bébé passant à gauche.

LA FEMME.

Tiens! cet innocent... Vois donc, j'ai une épingle qui
me pique dans le dos... (Elle lui tend son dos, Paul lui embrasse
l'épaule.) Tu embrasses, toi? Regarde-moi donc : tu es
gentil... Tu ressembles à quelqu'un que j'aimais bien. (Elle
lui prend le bras.) Il était très-distingué. Il portait toujours
des bottines vernies. M'aimes-tu un peu? (Paul lui prend les
mains.) Ah! tu regardes mes gants? n'est-ce pas que ça
ne sent pas les gants nettoyés? Ce sont des idées... Mais
comme tu es bien mis! (Elle le regarde.) Tes parents sont au
moins bijoutiers?... As-tu vu danser Badoche? (Elle essaye
son lorgnon.) Ah! voyons si je vois... Non, ça me fait pleu-
rer... Est-ce que tu es dans un magasin? Il y a un
monsieur qui m'a appelée grue de Numidie... Sais-tu
ce que ça veut dire, toi? (Elle lui met les mains sur les épaules.)
Ah! achète-moi donc un bâton de sucre de pomme, dis
donc, veux-tu? Tu veux pas?... Non?... Adieu, amour!

Tu sais, pour me retrouver, je suis contre l'orchestre des musiciens.

(Elle sort en chantonnant un air de valse. — Paul disparaît
un peu après elle.)

SCÈNE V

UN MONSIEUR en habit noir et en cravate blanche à la galerie
du balcon.

LE MONSIEUR.

Femmes séparées de vos amants ! Calicots en vacances ! Photographes sans ouvrage ! Athéniens de Chaillot!... Tas de Polichinelles !

DEUXIÈME MASQUE.

Va donc, pékin !

LE MONSIEUR.

Parce que j'ai un habit noir sur le dos? Mais c'est le premier des déguisements : ça donne l'air d'avoir dîné ! (A un masque en sauvage.) Sauvage !

LE SAUVAGE.

De quoi?

LE MONSIEUR.

Tu vas manquer le train des Batignolles!... Savez-vous de quoi vous me faites l'effet d'ici, mes enfants? D'un magasin de rubans dans une hotte de chiffonniers, sauf le respect que je vous dois ! Vous avez l'air d'un feu d'artifice dans un ruisseau, parole d'honneur ! Ah ça ! Pierrots que vous êtes, vous êtes encore pas mal serins ! Comment ! vous êtes la fleur de Paris, et voilà comme vous représentez le peuple le plus spirituel de la terre, la gaieté française, et le vin de Champagne ! Mais saperlotte ! ayez au moins l'air de vous amuser ! Dites des bêtises... des bêtises qui ont déjà servi... Ça ne fait rien... (Se penchant vers une femme à côté de lui.) On ne demande pas du neuf ici, n'est-ce pas, madame ?... Allons ! un peu de train ! Vous n'avez plus que jusqu'à demain matin, malheureux ! A six heures le carnaval est enfoncé, le carême vous remet la main sur le collet, et il pleut de la neige sur les gens trop gris ! Un an, mes petites biches, un an, avant de me revoir... C'est la dernière fois que je vous permets de me passer la main dans les cheveux, et de m'appeler pacificateur de la Vendée !

UN MASQUE.

Blagueur !

LE MONSIEUR.

Toi, t'es trop drôle ! Tu dois être employé aux Pompes funèbres...

LE MASQUE.

A ton service, mon cher !

LE MONSIEUR.

Ah ! ma foi, pour ce que vaut la vie !... On y tient... on y tient parce qu'elle vous trompe : c'est comme une vieille maîtresse... Mais en voilà une vallée de larmes qu'on devrait bien trouver moyen de drainer ! Enfin, zut ! comme disent les philosophes, et c'est encore ce qu'ils ont dit de mieux ! (Des dominos passent.) Ah ça ! vous laissez passer des dames sans y goûter, vous autres? On ne vérifie donc pas les dominos ! De pauvres femmes qui viennent ici pour n'être pas respectées... Ah ! tenez, vous n'avez pas de cœur !... Non, c'est positif, la politesse s'en va... Mais vous ne savez donc pas ce dont les almanachs nous menacent? Il paraît que l'année prochaine sera remarquable par la vertu des femmes, la maladie des raisins, et la longévité des oncles ! Ce sera gai, comme vous voyez ! Jouissons de notre reste, saperlotte ! jouissons de notre reste !... Aglaé ! Aglaé ! dire que je t'ai connue : tu étais un ange... dans les apothéoses du Petit-Lazari !... Ciel ! la nourrice de mon petit !... Malheureuse ! tu vas faire tourner ton lait !... (Rires et cris des masques.) Hein? qu'est-ce que tu dis là-bas, toi? Je suis enroué? Laisse donc, si tu parlais depuis le temps que je parle, il faudrait te ressemeler le gosier !

DEUXIÈME MASQUE.

As-tu fini, paillasse en deuil?

LE MONSIEUR.

Monsieur est du Jockey?

DEUXIÈME MASQUE.

Va donc te coucher, chapelier de la rue Vivienne !

LE MONSIEUR.

Dis donc, peintre de tableaux de sage-femme!

DEUXIÈME MASQUE.

Jeune premier de Montmartre !

LE MONSIEUR.

Tourneur de mâts de Cocagne en chambre !

DEUXIÈME MASQUE.

Bibliothécaire de la garde nationale !

LE MONSIEUR.

Éleveur de sangsues mécaniques !

DEUXIÈME MASQUE.

Pédicure de régiment !

LE MONSIEUR.

Président de la Société du Bec dans l'eau !

DEUXIÈME MASQUE.

Abonné de la *Revue des Deux Mondes!*

LE MONSIEUR.

Ah! des gros mots!... Attends! Je vais descendre...

(Il disparaît de la galerie.)

SCÈNE VI

M. MARÉCHAL, UN MONSIEUR.

M. MARÉCHAL, sortant d'une loge au fond, dont il tient la porte, et parlant à une personne dans la loge.

Dans un instant, ma chère, je reviens...

UN MONSIEUR.

Vous ici, Maréchal?

M. MARÉCHAL.

Pardon, mon cher... Figurez-vous... vous savez bien mon gredin de caissier sur lequel on n'a pu mettre la main?... Je crois que je viens de le voir dans la salle, en costume de Peau-Rouge, dansant comme un enragé... et si c'est lui!... Venez avec moi.

(Ils sortent à gauche.

SCÈNE VII

LE MONSIEUR en habit noir entre à droite accompagné d'UN AMI.

L'AMI.

Tu es gris...

LE MONSIEUR.

Vrai? Tant mieux.

L'AMI.

Est-ce que tu as des chagrins?

LE MONSIEUR.

Non, pas encore... Mon ami, tu recevras sous peu une lettre de faire part qui ne sera pas encadrée de noir, parce que ce n'est pas l'usage... Tel que tu me vois, j'enterre ma vie de garçon, mon ami... et je fais des libations dessus, comme les anciens... Dire que je serai marié jeudi!

L'AMI.

Marié?

LE MONSIEUR.

Tout à fait! J'aurai une femme et un beau-père... Ah! les dettes finissent par vous coûter cher! Les créanciers ne savent pas les sacrifices qu'on fait pour eux! Penses-tu que c'est mon dernier bal masqué? La semaine prochaine, je jouerai au whist en famille! Et tu veux que je sois convenable? Mais jamais je n'ai eu envie d'être fou comme aujourd'hui... J'ai une rage de m'amuser... Il me passe des idées! Je voudrais concevoir un poëme épique, et déshériter ma tante! Je ne sais pas ce que je ferais... Toutes les femmes qui passent, vois-tu? ça m'a l'air de ma dernière maîtresse que je verrais pour la dernière fois... Tous les cabinets du Café anglais me défilent dans la tête, avec la couleur de leur papier...

L'AMI.

Voyons, mon cher...

LE MONSIEUR.

Ne me dis rien !... ou je vais danser ! et je marche sur les mains, à la pastourelle ! Ce soir, mon ami, ce soir ! je séduirais la femme de chambre de ma femme ! Oui, des choses insensées... Tiens ! veux-tu parier que j'entre dans la première loge venue, que j'y place une déclaration, et que j'y reste ? (Il va vers la loge du fond et fait signe à une ouvreuse de lui ouvrir la loge d'où est sorti M. Maréchal.) Voulez-vous m'ouvrir ?

L'AMI, voulant l'arrêter.

Tu vas te faire une affaire.

LE MONSIEUR, le repoussant.

Une, deux, trois affaires, toutes les affaires du monde ! Sois tranquille : un homme qui va se marier est sûr de n'être pas tué, il est sacré pour le malheur ! (Il entre dans la loge. Madame Maréchal, qu'il essaye d'arrêter, se précipite hors de la loge.) Ma chère... voyons, ma chère... C'est comme ça ? Bonsoir ! je vais faire un somme.

(Il rentre dans la loge et referme la porte.)

SCÈNE VIII

PAUL, MADAME MARÉCHAL, entourée par des masques.

UN MASQUE.

Qu'est-ce que madame cherche ? ses illusions ?

UN AUTRE MASQUE.

Eh ! la petite dame !

UN TROISIÈME.

Mon petit chou !

PAUL, allant à madame Maréchal et lui offrant son bras en se découvrant.

Madame, voulez-vous mon bras? (Madame Maréchal lui prend le bras.) Est-ce que vous attendez quelqu'un ? (Elle ne répond pas. Il remet son chapeau.) Veux-tu souper ?

MADAME MARÉCHAL.

Monsieur !

(Elle dégage brusquement son bras et remonte la scène.)

PAUL.

Madame...

MADAME MARÉCHAL.

Laissez-moi, je vous prie.

(Il s'arrête. Madame Maréchal disparaît à droite. Tout à coup il sort par où elle est sortie.)

SCÈNE IX

PIERRE descendant par l'escalier de droite avec UN DOMINO qu'il tient par la taille.

PIERRE.

Tu me connais? tu me connais? Tu es plus avancée que moi...

LE DOMINO.

M'as tu assez aimée?

PIERRE.

C'est bien possible. Va, ce n'est pas de ma faute !

LE DOMINO.

Te rappelles-tu la rue de la Bruyère ?

PIERRE.

Quel numéro ?

LE DOMINO.

Insolent ! tu étais bien jaloux de moi tout de même...

PIERRE.

Oh ! par politesse ! Je sais que ça fait plaisir aux femmes...

LE DOMINO.

Je te trouve bien vieilli, dis donc?... on te donnerait quarante ans...

PIERRE.

Ne me les donne pas : garde-les.

LE DOMINO.

Je te vois de mon coupé souvent passer sur les boulevards à pied...

PIERRE.

Est-ce que je t'aurais éclaboussée? Ton coupé est si bas... Ah ça ! tu as donc fait fortune, ma chère Agathe?

LE DOMINO.

Mais oui, un peu, mon cher. Je roule sur l'or. Je

possède des peignoirs qui coûtent deux cent quarante francs de blanchissage. J'ai dans mon anti-chambre un huissier qui a une chaîne, et dans mon salon un plat de Chine où il y a les cartes de tous les gens connus...

PIERRE.

Par toi?... Mes compliments... Vois-tu, dans ton état, on arrive à tout, à l'ancienneté...

LE DOMINO.

Chéri, va! trop aimable!... Eh bien! et toi, mon pauvre ami, tu n'es devenu rien depuis que je ne t'ai vu?

PIERRE.

Non... pas même millionnaire. Il faudrait que je me ruine pour être ton amant de cœur...

LE DOMINO.

Tu blagues donc toujours?

PIERRE.

C'est ma santé.

LE DOMINO.

Et qu'est-ce que tu fais de l'existence?

PIERRE.

Pas grand'chose...

LE DOMINO.

Et des femmes?

PIERRE.

Rien du tout : du plaisir.

(Ils remontent l'escalier, à droite.)

SCÈNE X

MADAME MARÉCHAL, entrant par la gauche ; après avoir regardé au carreau de la loge, elle va s'asseoir sur la banquette. — PAUL entre un peu après et vient s'asseoir de côté auprès d'elle.

PAUL.

Laissez-moi là... Je ne vous touche pas... N'ayez pas peur... Je ne vous dirai rien, si vous voulez... Tout à l'heure... ce que je vous ai dit... il ne faut pas m'en vouloir... Je ne savais pas... J'ai eu tort. Je vous demande pardon... Pardonnez-moi, voulez-vous? Je vous ai dit : Tu... Mon Dieu!... est-ce que je savais? Oh ! vous ne vous figurez pas ce que c'est, ce que ça coûte pour parler!... On a la bouche sèche... Je cherchais quelque chose, je ne trouvais rien... Vous avez bien vu que j'étais pâle... On se dit : Je lui parlerai tout à l'heure... et puis un mot vous vient... on s'arrache le cœur et la voix pour le dire... Et on est malheureux après ! Je ne voulais pas vous paraître enfant... je voulais faire l'homme... Vous ne me croyez pas?... Oh !

c’est bien vrai, pourtant, je vous jure !... Et puis toutes les femmes ici, moi, je croyais... Oh ! ce n’est pas vrai, je vois bien... et il y en a, je suis maintenant bien sûr qu’il y en a qui viennent ici pour la première fois... (Silence de madame Maréchal.) Ah ! ne me répondez pas, ça m’est égal ! Je veux le croire... et je le crois ! Votre bras tremblait sous le mien tout à l’heure... Ne dites pas non, je l’ai senti... et vous étiez toute effrayée... Oh ! c’est que cela fait peur d’abord, n’est-ce pas ? Ce bruit, ces cris, tout ce monde... c’est une joie qui vous glace... Et puis la chaleur, les lumières, les masques, la musique, cet air du bal... il vous monte comme un étourdissement de tout cela... On n’y voit plus, on ne sait plus, on n’est plus le même... et je vous parle, madame !... moi, je vous parle !... Mon Dieu ! nous serions dans le monde, j’aurais fait un tour de valse avec vous, vous me laisseriez m’asseoir à côté de vous, sur la même banquette... et j’aurais touché votre taille, pourtant; j’aurais eu votre main dans la mienne ! Cela serait tout simple... Je vous ferais les compliments qu’on fait à une femme, je ne vous manquerais pas de respect pour ça; je vous dirais : Vous êtes belle...

MADAME MARÉCHAL.

Laissons le monde, monsieur. Nous n’y sommes pas. Parlez, si cela vous fait plaisir : je n’écoute pas... Tenez ! vraiment vous feriez bien mieux de vous adresser à toutes ces femmes qui sont là...

PAUL.

Mais toutes ces femmes, ça m'est égal, madame : ce n'est pas vous! Pourquoi vous ai-je suivie? Comment vous ai-je retrouvée dans la foule? Je ne sais pas... Pourquoi n'y a-t-il que vous ici pour moi? Dites-le moi : moi, je ne le sais pas... Les autres? Mais près d'elles je n'aurais pas ce trouble pein de délices... Je ne serais pas comme je suis à côté de vous... Je ne me dirais pas : Enfin! c'est donc ça l'amour! Ah! c'est bon! Mon Dieu! que c'est meilleur que tout ce qu'on vous a dit et tout ce qu'on a lu!... Oh! je vous en prie, ne vous moquez pas de moi... (Il ôte son chapeau.) Ce que votre silence me murmure de vous (se penchant vers elle), vos yeux qui, dans votre masque, semblent me regarder comme des étoiles, la nuit... tout ce qui me vient dans la tête, follement, la pensée que je vous sers à quelque chose (il se lève et passe à droite de madame Maréchal), que je puis vous empêcher d'être insultée... Mais il n'y a que vous, encore une fois, pour me donner tous ces bonheurs-là!... Vous riez?

MADAME MARÉCHAL.

Oh! pardon... Mais c'est que vous êtes très-amusant! Vous avez un petit air si convaincu! Et puis vous faites des phrases... comme on n'en fait plus! Je croyais que c'était perdu comme les carlins, la race des amoureux au bal de l'Opéra...

PAUL.

Cela doit vous coûter, madame, d'être méchante... Et

pourquoi l'être avec moi? Ce n'est pas très-brave... Vous
voyez bien que vous avez affaire à un pauvre garçon bien
jeune, qui vous dit tout... Il n'y a pas besoin de beau-
coup d'esprit pour l'embarrasser... et s'il a le courage
de vous parler, c'est que votre masque ne lui laisse voir
que la douceur de vos yeux... (Il appuie le bras à la colonne.)
Je suis donc bien ridicule ? Et vous, madame, vous avez
donc été bien gâtée par la vie?... Votre cœur a donc été
heureux et comblé toujours, pour avoir si peu de charité,
et ne trouver qu'à rire, quand je suis là, ne vous deman-
dant qu'une chose... de baiser le bout de votre gant et de
m'en souvenir toute ma vie!...

(Il lui prend la main, elle la retire.)

MADAME MARÉCHAL. Elle se lève et redescend la scène.

Savez-vous que vous êtes un peu fou, monsieur? Vous
me faites une déclaration... car c'est une déclaration,
n'est-ce pas?... sans me connaître, sans m'avoir vue...
Vous tombez amoureux, non de moi, mais de mon do-
mino... Vous me croyez jeune, je ne sais pourquoi... Vous
vous figurez que je suis venue ici chercher un cœur, et
vous m'offrez le vôtre... Mais qui vous dit, s'il vous plaît,
que je ne suis pas une honnête mère de famille, pas plus
belle et pas plus jeune que toutes les mères de famille, ame-
née ici tout bonnement par la curiosité, par une bête
d'envie de voir ça avant de mourir?

(Elle va se rasseoir sur la banquette.)

PAUL.

Vous me le dites : ce n'est pas vrai... Non, rien

que votre main que j'ai aperçue tout à l'heure, le bout de votre pied... Oh! ne le cachez pas... votre regard, votre front, enfin tout ce que je vois à aimer en vous sans vous voir, tout ce que je reconnaîtrais de vous... de vous que je ne connais pas... (Il s'assied auprès d'elle.) Vous êtes jeune, je vous dis que vous êtes jeune. Gardez votre masque : je sais que vous êtes belle... Et puis vous dites que vous êtes venue pour voir?... Non, tenez, je ne sais quoi me dit que vous êtes venue ici comme j'y suis venu moi-même... Votre cœur a battu comme le mien en montant l'escalier... Je ne sais rien de votre vie, mais vous pensiez, je vous le dis, à des émotions, à des choses imprévues, à tout ce que fait attendre, espérer, imaginer le bal masqué!... Oh! vous ne l'avouerez pas, je sais bien ! Mais vous enfoncez vos lèvres dans votre bouquet de violettes pour ne pas me dire : Oui!

MADAME MARÉCHAL.

Assez! monsieur, assez... je vous l'ordonne...

(Elle se lève.)

PAUL, restant assis et s'avançant lentement vers elle, sur la banquette.

Je vous obéis, madame. C'est fini... Je ne vous reverrai plus... plus jamais! Demain, je ne serai plus rien pour vous... Moi, je n'oublierai pas... Et peut-être y aura-t-il un jour dans votre vie de femme, une heure vide, où votre pensée reviendra à cette nuit, et où vous

songerez à ce jeune homme qui vous apportait le dévoue-
ment de son premier amour !

MADAME MARÉCHAL.

Monsieur... voulez-vous me donner le bras... (Paul se
lève avec un mouvement de joie.) pour retrouver mon mari ?

(Ils vont pour sortir à gauche et passent devant la loge de madame Maréchal.
— La loge s'ouvre, et le monsieur en habit noir paraît sur la porte.)

SCÈNE XI

PAUL, MADAME MARÉCHAL, LE MONSIEUR en habit noir.

LE MONSIEUR.

Ah ! voilà ma femme chic ! (Il ferme la porte de la loge der-
rière lui.) Madame, j'ai l'honneur d'être... Qu'est-ce qu'on
peut vous servir ? (Madame Maréchal veut aller à sa loge. Il lui barre
e chemin.) Voulez-vous du sentiment, des asperges en
branche, une discrétion à toute épreuve, et mon cœur
sous la serviette ! Parlez, mon idole ! J'ai un peu dormi
dans votre loge : vous voltigiez dans mes songes avec des
ailes en papier... (Il lui barre le chemin à gauche et se trouve en face
de Paul.) Tiens, vous avez fait sortir votre fils ? Très-gen-
til ! Il ne rentrera que lundi, n'est-ce pas ?... Ne crai-
gnez rien, belle dame, je suis un homme de bien, (la pour-
suivant), parole d'honneur ! Je ne mets pas mes ordres
étrangers, mais je suis un homme bien... c'est plein
de notaires honoraires, ma famille !... Écoute, tu vas me

lâcher ce petit jeune homme-là : la jeunesse, ce n'est jamais sérieux, et nous allons nous repasser sur l'estomac un beurre d'écrevisse...

PAUL.

Monsieur!...

LE MONSIEUR.

Attends donc, je n'ai pas fini de séduire madame... Comment, vous voulez aller de ce côté-là, dans les corridors? Mais l'inconvenance y pousse en plein vent, jeune imprudente! (Madame Maréchal s'assied sur la banquette, en lui tournant le dos. — Paul reste debout devant elle.) Il y a des gens qui y disent des choses qui corrompraient un singe et qui feraient défleurir un lys sur sa tige! Je vous dois aide et protection, je ne vous lâche pas... Et puis, si tu savais tout ce que j'ai à te dire!... Je te parlerais bien en vers... mais ça t'embêterait... Oh! dis-moi que nos âmes se comprennent!... Qu'est-ce que tu veux? je suis poétique : je lis tous les soirs des feuilletons pour m'endormir... Et toi aussi, tu dois être poétique : je parie que tu habites la rue Papillon, et que tu donnes tous les matins de la mie de pain aux oiseaux, sur le toit en face!... Tiens! nous irons bien loin... plus loin que la ligne des omnibus!... dans un endroit vierge et béni, embaumé de brises d'amour et de parfums de matelotes... à Asnières! Et là nous serons heureux comme des gens qui n'ont pas d'enfants et qui pêchent à la ligne... Viens-tu?

PAUL.

Monsieur !...

LE MONSIEUR.

Mais, monsieur, votre dame me manque ! Je la trouve plus que froide à mon égard... (Madame Maréchal a repris le bras de Paul et va vers le fond de la scène, que lui barre encore le monsieur passant et repassant derrière une colonne.) J'en suis fâché pour elle... Comment ! je m'échigne à lui faire luire des horizons ! je lui parle comme un livre ! je forge des métaphores hardies à son usage... Je lui offre de la bisque et des idylles... Je lui confie mes plus secrètes mélancolies... et elle reste avec moi comme la bourse d'un ami : on ne peut rien en tirer !...

PAUL, s'avançant vers le monsieur en quittant le bras de madame Maréchal.

Mais, monsieur...

LE MONSIEUR.

Jeune homme, je parle à madame... Espèce de femme du monde, va ! Mais tu dois être vieille comme les rues de Versailles ! Je crois bien que tu te caches !... Voyons un peu...

(Il va pour soulever la barbe de son masque.)

MADAME MARÉCHAL, la tête tournée vers le corridor de gauche.

Ah ! mon mari !

(Elle s'échappe et disparaît à gauche ; Paul arrête le bras du monsieur.)

SCÈNE XII

PAUL, LE MONSIEUR, puis PIERRE.

LE MONSIEUR.

Tu es l'amant, toi?

PAUL.

Non.

LE MONSIEUR.

Tu es le frère?

PAUL.

Non.

LE MONSIEUR.

Eh bien, alors, mon petit, remercie ta figure de gamin : si tu ne l'avais pas, je t'aurais calotté.

(Pierre entre au fond.)

PAUL.

Eh bien, monsieur, c'est un soufflet que je vous dois.

LE MONSIEUR.

Moutard, va!

PAUL.

Ceci est la carte d'un homme, monsieur.

LE MONSIEUR.

Mais, voyons... sérieusement... nous battre?... vous êtes un enfant...

(Paul fait un pas pour se jeter sur lui ; Pierre s'avance et lui met la main sur le bras.)

PIERRE.

Un enfant en âge d'être tué, monsieur, quand on l'insulte...

(Il prend la main de son frère. — Le monsieur les regarde et fait un échange de cartes avec Paul. — Les trois hommes se saluent profondément.)

SCÈNE XIII

PIERRE et PAUL.

PIERRE.

Pour une femme, n'est-ce pas?

PAUL.

Oui.

PIERRE.

Qui demeure?

PAUL.

Je n'en sais rien.

PIERRE.

Qui s'appelle?

PAUL.

Je ne sais pas.

PIERRE.

Diable !

FIN DU PREMIER ACTE.

ACTE DEUXIÈME

VILLE-D'AVRAY

ACTE II

—

VILLE-D'AVRAY

Un salon avec une serre au fond, sur laquelle ouvrent trois portes. Porte à
gauche. Porte vitrée à droite. A gauche, du côté de la cheminée, un canapé
et une chaise basse. A droite, une chaise, une table longue où sont des
livres, des revues et un métier à tapisserie. A côté de la table, un canapé.
Sur la cheminée, une corbeille à ouvrage.

SCÈNE I

Madame MARÉCHAL, assise sur le canapé à gauche; THÉRÈSE,
à côté d'elle, debout, recousant un bouton à un gant.

MADAME MARÉCHAL.

Quelle bavarde tu fais! Allons! dépêche-toi...

THÉRÈSE.

Un beau petit garçon comme ça! Écoutez donc, ma-
dame, ça aurait été dommage... Le médecin a bien dit
qu'il ne s'en était pas fallu de ça... Et les trois pre-
mières nuits encore, il n'allait pas bien fort... Il étouf-
fait comme un poulet, figurez-vous! Je ne faisais que le

faire boire... Peut-on se battre si jeune, n'est-ce pas, madame?

MADAME MARÉCHAL.

Voilà bien la dixième fois que tu me rabâches tout ça...

THÉRÈSE.

Tout de même, le voilà sur pied, à cette heure...

MADAME MARÉCHAL.

Alors il va bientôt s'en aller, j'espère. C'est si gênant, un étranger, un jeune homme dans une maison... avec cela que la fenêtre de la chambre où on l'a mis donne sur le jardin... Je ne peux plus me promener de ce côté-là... ma fille encore moins...

THÉRÈSE.

Oh! mon Dieu, madame, moi, je m'y promènerais tout de même... Vous n'êtes pas mauvaise à voir...

MADAME MARÉCHAL.

Eh bien! est-ce fait?

THÉRÈSE, elle va à gauche et range sur la table.

Au fait, vous savez, madame, je suis décidée pour ma robe... je la ferai montante, sans garniture, tout unie... C'est égal... voyez-vous, madame... si vous l'aviez vu comme moi, quand on l'a rapporté, au petit mur... Il était comme un linge...

MADAME MARÉCHAL.

C'est M. Maréchal qui a eu cette bonne idée-là... Enfin!

THÉRÈSE.

Mais il serait mort, madame... oh! pour ça, oui; il serait mort avant qu'on ne l'ait porté aux Quatre-Chemins, à l'auberge...

MADAME MARÉCHAL.

As-tu entendu dire pourquoi il s'est battu?

THÉRÈSE.

Est-ce qu'on sait! (Elle apporte à madame Maréchal un mouchoir et un flacon.) Ah! madame, ce petit monsieur-là, il a l'air si doux, si gentil, si potelé, que si j'étais riche...

MADAME MARÉCHAL., la regardant.

Thérèse?

THÉRÈSE.

Oh! si j'étais riche!... Eh bien! j'en ferais mon cœur!

(Elle se sauve.)

SCÈNE II

MADAME MARÉCHAL seule. — Elle se lève.

« Elle en ferait son cœur!.. » Ces gens-là se figurent que la vie se passe à aimer, et qu'il n'y a qu'à être riche pour ça!.. Quel temps désagréable! Je trouve qu'il porte sur les nerfs... Je ne sais pas ce que j'ai depuis quelques jours... Si, au fait, je le sais, je m'ennuie. (Elle va vers la glace et se regarde de loin.) Cette Thérèse vous fagotte ! J'ai remarqué que les domestiques dévoués ne savaient rien faire... Oh ! j'ai bien mon âge aujourd'hui... C'est singulier la beauté, c'est comme la santé : on n'y pense que lorsqu'on a peur de la perdre... Je ne sais pas du tout pourquoi je songe à tout ça : mon mari me trouvera toujours bien ; c'est tout ce qu'il faut... (Elle va s'asseoir sur le canapé, à droite.) Est-ce bizarre qu'il arrive dans notre vie, un moment où nous avons comme un besoin de compliments qui nous rassurent contre les années : des admirations que, plus jeunes, nous aurions laissé passer... Eh bien ! je ne sais pas, il y a au fond de nous, pour la première fois, une espèce de reconnaissance... Oui, nous sommes touchées de ce qui nous flattait... Ma pauvre sœur avait raison quand elle me parlait de ce moment-là, de ce dernier feu de jeunesse qui se rallume un jour en nous, et dans la flamme duquel on voit passer encore une fois tous les désirs avec tous les regrets d'une vie d'honnête femme... (Elle se lève.) Ah ! on n'a plus l'avenir, c'est vrai... (Regardant la porte par où Thérèse est sortie.) « J'en ferais mon cœur... » Mais c'est très-joli ce qu'elle a dit, cette bête-là !... Décidément, le bonheur parfait... c'est t fade.

(Elle se rassied sur le canapé, à gauche.)

SCÈNE III

MADAME MARÉCHAL, HENRIETTE, accourant par la porte de droite.

MADAME MARÉCHAL.

Ah! te voilà, paresseuse!

HENRIETTE.

Oui, mère, c'est moi.

MADAME MARÉCHAL.

Tu te lèves?

HENRIETTE.

Non... J'ai été à la messe, ce matin.

MADAME MARÉCHAL.

Tous les jours alors?... Qu'est-ce que tu as donc à demander au bon Dieu, mon enfant, dans ce moment-ci?

HENRIETTE.

Mais... rien, mère.

MADAME MARÉCHAL.

Que je t'aime plus, dis? (Elle l'embrasse: — Henriette s'assied. Madame Maréchal lui prend les mains.) Mets-toi là, tout près, que je te sente... Cher ange! tiens, je suis si habituée à toi, que, quand tu n'es pas là, c'est une drôle de chose, il me semble que j'ai froid!... Et quand on pense que j'ai désiré un garçon! Je ne t'aurais pas... C'est moi qui ne changerais pas à présent, par exemple!

HENRIETTE.

Mère!

MADAME MARÉCHAL.

Tu aimes si bien quand tu aimes!... Tiens! quelquefois, quand j'y pense, tu me fais peur avec ces tendresses que tu as... Chère fille! c'est que c'est terrible, les natures comme la tienne... Tu n'es que cœur, affection, sensibilité... Tu vaux mieux que la vie : te le pardonnera-t-elle?... (Elle se lève. Henriette la suit.) Tu as vu ton père ce matin?

HENRIETTE.

Non, maman. Je crois qu'il est allé à Paris.

MADAME MARÉCHAL.

Au fait, ce monsieur, tu sais... je pense qu'il va pouvoir s'en aller... Il va nous débarrasser... Enfin on sera chez soi. Ça devait te manquer, ton piano.

(Elle se dirige vers la table, et va pour prendre son métier de tapisserie.)

HENRIETTE.

Ah!... il va déjà si bien... assez bien pour s'en aller?... J'en suis bien contente.

MADAME MARÉCHAL.

Mais voilà quinze jours...

HENRIETTE, avec une expression de peur.

S'il était mort ici!

MADAME MARÉCHAL.

Voyons! voyons! c'est fini, je te dis... (Elle lui prend les mains, et lui fait une petite caresse sur la joue.) Mais sais-tu que tu es bien belle ce matin? Comment, j'ai donc une grande fille comme ça? c'est à moi, ça? (Lui prenant les mains, et la tenant sous son regard, au bout de ses bras.) Ah! chérie, tu ne sais pas ce que c'est que d'embrasser sa jeunesse sur le front de vos seize ans... de vous regarder comme je te regarde là... de vous manger des yeux... et de se dire : Voilà ma beauté, ma grâce, mon orgueil, ma vie! Ce n'est plus moi maintenant, c'est elle!

(Elle se jette dans les bras de sa fille.)

HENRIETTE, dans un baiser.

Ma bonne petite mère!

SCÈNE IV

Les mêmes, M. MARÉCHAL entrant et les voyant s'embrasser.

M. MARÉCHAL.

Eh bien! eh bien! c'est cela! ne vous gênez pas! Après vous, s'il en reste... (A sa femme.) Bonjour, chère amie... (A sa fille.) Et qu'est-ce qu'on dit à ce père? (Henriette saute dans ses bras.) Oh! toi, tu es mademoiselle sans phrases, c'est une justice à te rendre : plus de baisers que de paroles avec toi! Ce n'est pas que je m'en plaigne... (Il va

5

mettre son paletot, à gauche.) Ah ça ! vous savez qu'il fait un temps superbe aujourd'hui... un soleil ! Vous sortez de votre lit, je suis sûr, vous autres ? Il y a deux heures que vous devriez être sur pied... On fait une grande course avant son déjeuner, on marche, on va dans la rosée... Il n'y a rien de bon comme ça. (A sa fille, tirant une boîte de sa poche.) Tiens ! j'ai une petite bêtise pour toi.

HENRIETTE.

Oh ! une croix !... qu'elle est jolie ! merci, papa ! (Elle court à sa mère assise sur le canapé à droite.) Vois donc, maman.

M. MARÉCHAL.

J'ai aussi quelque chose pour vous, Louise. (Il ouvre une boîte et la présente à sa femme.)

MADAME MARÉCHAL.

Des diamants ? des diamants ! mais (regardant sa fille qui est auprès d'elle, derrière le canapé) mon ami, ce n'est la fête de personne de nous aujourd'hui.

M. MARÉCHAL.

Pardon, ma chère, c'est la mienne.

MADAME MARÉCHAL.

La vôtre ? la vôtre... mais du tout... C'est dans le mois de décembre...

M. MARÉCHAL.

Si, je vous assure, c'est la mienne. Il y a aujourd'hui trente ans, madame, trente ans, jour pour jour, que votre mari entrait à Paris, par la barrière de Fontainebleau, avec cinquante francs dans sa poche... cinquante francs, mon Dieu! oui, pas plus, je n'avais que ça. Il ne faisait pas si beau qu'aujourd'hui, et j'avais un pantalon de toile. Un an après, ma fortune eût encore tenu à peu près dans le creux de ma main, mais j'avais mangé tous les jours. Dix ans après, j'avais cent mille francs, cent mille francs à moi, bien à moi, qui ne devaient rien à personne, qui ne me reprochaient rien, mais qui m'avaient coûté rudement cher! C'est difficile à mériter, allez! le premier argent, encore plus qu'à gagner, le diable m'emporte! Et ce qu'il faut d'énergie, de volonté, de travail, d'économie, je le sais, je vous en réponds. Je crois que je vous voyais d'avance, toutes les deux, ma parole d'honneur! dans ce temps-là, et que c'était ça qui me soutenait. (Il s'assied sur la chaise à côté de la table. Henriette est venue s'asseoir sur le canapé, à côté de sa mère.) A cinq ans de là, j'avais fait, de mes cent mille francs, trois cent mille francs. Vous me faisiez alors, madame, l'honneur de m'épouser, et vous me donniez plus que je ne vous apportais en me donnant le bonheur. Aujourd'hui, d'après mon dernier inventaire, j'ai... c'est-à-dire, vous avez deux millions...

MADAME MARÉCHAL, regardant Henriette.

Deux millions?

M. MARÉCHAL.

Deux millions... et même un peu mieux que cela. Eh bien! madame, eh bien! mon Henriette... (Madame Maréchal fait lever Henriette, et lui passant un bras autour de la taille, l'avance doucement vers son père.) C'est bon de se dire : Me voilà riche

pour ma femme, pour ma fille... J'ai eu toutes les priva-
tions; je n'en veux pas une pour elles ! Je sais ce que
c'est qu'un désir; j'ai fait une tirelire où j'ai mis des
pièces blanches tous les samedis, pendant des mois, pour
m'acheter une commode en acajou que j'avais vue rue
de Cléry... Elles, je ne veux pas qu'elles aient un désir!
Qu'est-ce qu'elles veulent? du luxe? Eh bien ! elles auront
du luxe! Je leur achèterai du luxe! Du plaisir? je leur
achèterai du plaisir, et de tout ! (Il se lève.) Ah ! tu disais que
ce n'était pas aujourd'hui ma fête ! (Sa fille se jette dans ses bras.
Madame Maréchal se lève.) C'est curieux !... il y a comme cela
des moments dans la vie où tout vous réussit... J'ai vu
un temps où je ne pouvais pas toucher une carte sans
perdre ; maintenant, je gagne toujours. Et pour tout,
c'est de même. C'est-à-dire que j'ai de la veine jusque
dans les malheurs qui m'arrivent... (A sa femme, en remontant
la scène.) Tu sais bien, la faillite Labourieux? Eh bien!
c'est incroyable, il paraît que nous ne perdrons rien. Et
mon voleur de caissier que je retrouve l'autre jour au
bal !... Oh! quand on se met à avoir les atouts en main...
(Henriette se met à travailler à un ouvrage de crochet.) Jusqu'à notre
maison, qui porte bonheur ! Tu sais notre blessé, dont le
médecin ne répondait pas d'abord? Le voilà sur pied,
au bout de quinze jours... Un très-joli garçon, ma foi !
que mon jeune homme. (Henriette fait un signe de tête en tra-
vaillant.) Hein? tu l'as vu?

HENRIETTE.

Oh ! je lisais au jardin... dans l'allée... J'ai regardé en

l'air... j'ai vu quelqu'un qui m'a fait un grand salut derrière les carreaux... ça m'a fait sauver.

M. MARÉCHAL.

Ah! ça t'a fait sauver? Eh bien ! va donc voir si on nous donne à déjeuner... (Il la mène, en la tenant par la taille, à la porte du fond.) Je crève de faim, je suis levé depuis six heures, moi...

HENRIETTE.

Oui, papa.

(Elle sort.)

SCÈNE V

MADAME MARÉCHAL, assise et lisant; M. MARÉCHAL.

M. MARÉCHAL, allant à la table, auprès de madame Maréchal.

N'êtes-vous pas heureuse, aussi, vous, madame ? je ne dis pas autant que moi... mais un peu... assez pour sourire à ma joie... Oh! ne vous étonnez pas de tout l'amour que j'ai pour cette enfant... (Il désigne la porte par laquelle Henriette est sortie.) Je lui dois tant! A mesure qu'elle a grandi, chaque jour, elle m'a apporté un peu du cœur de sa mère... C'est en l'embrassant que nous nous sommes rapprochés ! (Il prend lentement la main de sa femme, et la baise.) Oh ! je vous disais bien dans les commencements de notre mariage : Ayez confiance, laissez faire le temps, et vous

verrez qu'un jour l'affection viendra... Je la ferai venir
à la fin, moi, je vous en réponds.

(Il s'assied sur le canapé, à côté d'elle.)

MADAME MARÉCHAL.

Oui, mon ami. Si jamais un mari a mérité d'être
aimé...

M. MARÉCHAL.

Vous êtes contente de moi, Louise? tout à fait con-
tente de moi? Dans votre salon, vous me trouvez comme
tout le monde, n'est-ce pas, comme tout le monde?
L'ouvrier, soyez franche, dites-moi tout... mais est-ce que
vous pouvez me blesser, vous? l'ouvrier, vous ne le re-
trouvez plus, bien sûr? Voyez-vous ces deux sourcils-là,
vous n'imaginez pas tout ce qu'ils m'ont fait souffrir,
quand ils se fronçaient à un mot qui m'échappait, à un
geste que je faisais... à une violence... Car je sais, j'avais
de vraies violences de peuple... Oh! non, c'est vrai, vous
ne me disiez rien : vous me regardiez seulement : vous
ne m'aimiez pas assez pour me dire ces choses-là... J'ai
eu du mal tout de même à me faire une peau d'homme
du monde; c'est dur à tailler dans du vieux!... Mais je
m'étais juré que vous ne me regarderiez plus avec ces
yeux-là, que vous laisseriez vos sourcils tranquilles, et
que je ferais à la fin un mari comme un autre... qui ne
vous rendrait pas trop malheureuse... Me suis-je tenu
parole, Louise?

MADAME MARÉCHAL.

Mon ami... (Elle lui prend la main.) Tenez! je suis heureuse...

et je ne demande qu'une chose, c'est de l'être toujours ainsi...

M. MARÉCHAL.

Et pourquoi ne le seriez-vous pas toujours?

MADAME MARÉCHAL.

Oui, pourquoi? (Elle se relève et lui pose les mains sur les-épaules.) C'est vrai!

SCÈNE VI

LES MÊMES, un DOMESTIQUE annonce M. de Bréville.

M. MARÉCHAL, le présentant à sa femme.

Madame, le frère de notre jeune blessé.

MADAME MARÉCHAL.

Monsieur...

PIERRE.

Madame, je ne vous remercie pas... Mon frère vous doit la vie : moi, je vous dois la vie de mon frère...

MADAME MARÉCHAL.

Oh! mon Dieu... Mais, monsieur, cela ne mérite pas... vraiment... En pareil cas, la plus simple humanité... D'ailleurs, c'est mon mari... (Pierre serre la main de M. Maréchal.) Et Monsieur votre frère est tout à fait hors de danger? M. Maréchal me disait tout à l'heure qu'il n'y avait plus la moindre inquiétude à avoir.

PIERRE.

Oh! plus la moindre, madame. Il va même si bien que, ne voulant pas abuser de votre bonne hospitalité, il est en train de s'habiller pour venir prendre congé de vous. Son médecin lui a permis ce matin de partir.

M. MARÉCHAL.

Partir? Mais il ne gêne personne. Et puis il n'est pas si fort... Hier, pour être resté levé quatre ou cinq heures, il a manqué s'évanouir en se recouchant. Ce serait une imprudence... (Il remonte la scène.) Ah! il veut partir... Eh bien! nous allons voir ça, sapristi! Je saurai bien le faire rester, moi.

(Il sort.)

SCÈNE VII.

MADAME MARÉCHAL, PIERRE.

(Madame Maréchal s'assied sur le canapé, à droite, et fait signe à Pierre de s'asseoir.)

PIERRE.

Ah! madame, permettez-moi de vous faire mes compliments : j'ai rarement vu une aussi jolie propriété que la vôtre.

(Il s'assied.)

MADAME MARÉCHAL.

Mon Dieu, monsieur, les affaires de mon mari le retenant ici toute l'année, nous avons arrangé notre petit coin pour nous y plaire... Nous avons mis le plus de fleurs possible : ma fille les aime beaucoup. Il y a de grands arbres qui nous enferment chez nous. Nous ne voyons pas du tout Paris cela : nous empêche de le regretter... Vous aimez la campagne, monsieur?

PIERRE.

Beaucoup, madame... mais platoniquement... dans les tableaux.

MADAME MARÉCHAL.

Monsieur votre frère est un tout jeune homme, à ce qu'on m'a dit?

PIERRE.

On ne peut plus jeune, madame... et j'ai tout lieu de croire que cela durera...

MADAME MARÉCHAL.

Vraiment?

PIERRE.

Oui, j'espère qu'il me donnera pas mal de chagrins...

MADAME MARÉCHAL.

Comment?

PIERRE.

Mais, madame, il a tout ce qu'il faut pour cela : une jolie figure, une mauvaise tête, beaucoup d'honneur, pas un sou de raison, et tout plein de cœur. Qu'est-ce que vous voulez qu'il lui arrive d'heureux avec toutes ces mauvaises chances-là?

SCÈNE VIII

M. MARÉCHAL.

Le voilà, le voilà, ce petit scélérat... Je vous l'amène.

MADAME MARÉCHAL, à part.

Lui !... c'est lui !

M. MARÉCHAL, le présentant à sa femme.

Madame, M. Paul de Bréville... Madame Maréchal...
(A sa femme). Il veut absolument partir. Il n'y a plus que toi,
ma chère, pour lui faire entendre raison... Voyons, que
diable ! aujourd'hui n'est pas un jour comme les autres.
Nous sommes tous heureux, contents... Tenez ! voilà ce
qu'il faut faire : vous allez passer la journée avec nous,
et si ce soir le cœur vous en dit, si cela va très-bien...
eh bien ! on vous embarquera avec votre frère... Nous
ne le lâchons pas jusque-là, n'est-ce pas, madame Ma-
réchal ?

MADAME MARÉCHAL.

Certainement... oui... monsieur... nous fera... un
grand plaisir.

PAUL, s'avançant vers madame Maréchal.

Madame, je suis trop votre obligé pour vous rien re-
fuser.

SCÈNE IX

Les Mêmes, HENRIETTE.

HENRIETTE, accourant.

Papa, on va déjeuner tout de suite.

M. MARÉCHAL.

Messieurs, l'enfant de la maison.

(Henriette fait une révérence.)

MADAME MARÉCHAL, à part.

Lui!... chez moi! C'est donc cela que j'y pensais...

UN DOMESTIQUE, annonçant.

Le déjeuner de madame est servi.

M. MARÉCHAL.

Bon. Tenez, monsieur Paul, vous allez vous installer sur le canapé. Vous avez des journaux, des livres. (Paul s'incline.) Monsieur de Bréville, voulez-vous bien donner le bras à ma femme ?

PIERRE.

Madame, je suis désolé, mais...

M. MARÉCHAL.

Mais quoi ?

PIERRE.

J'ai déjeuné avant de partir.

M. MARÉCHAL.

Vous ne faites pas de cérémonies, je pense? Ah ça! vous n'aurez pas dîné ce soir, j'espère? Eh bien! alors, tenez compagnie à votre frère... Et à tout à l'heure.

(Il prend le bras de sa femme et sort par la serre, suivi par Henriette.)

SCÈNE X

PIERRE, PAUL.

PIERRE, après avoir regardé sortir Henriette.

Tu te sens bien?

PAUL.

Oui, très-bien.

(Il s'assied sur le canapé, à gauche.)

PIERRE.

Enfin te voilà hors d'affaire, Dieu merci! Ah ça! j'espère que tu vas être raisonnable, à présent. Un coup d'épée a cela de bon, quand il ne vous tue pas, qu'il fait de vous un homme. Mais à quoi penses-tu?

PAUL.

Moi? à rien.

PIERRE.

Tu as un air absorbé.

(Il s'assied sur le canapé, à côté de Paul.)

PAUL.

Mais non.

PIERRE.

Comment trouves-tu la jeune personne?

PAUL.

Mais assez bien, il m'a semblé.

PIERRE.

Assez bien!... Qu'est-ce qu'il te faut? Elle est char-
mante, cette jeune fille-là. Elle ne ressemble pas à ces
poupées à ressort... Elle a un air aimant... quelque chose
de doux et de profond...

PAUL.

Oh! je l'ai si peu regardée... Est-ce que tu trouves
cela amusant, les jeunes personnes, toi?

PIERRE.

Mon ami, je commence.

PAUL, se levant.

Ah bien! alors, j'ai le temps! (Il se met à se promener lente-
ment et semble chercher autour de lui.)

PIERRE.

Tiens! c'est une justice à nous rendre, nous sommes
tous bien bêtes!

PAUL.

Nous?

PIERRE.

Oui, nous, les hommes. As-tu remarqué que pas un de nous, quand il est jeune, ne cherche le bonheur... l'amour, si tu veux, mon Dieu! ça y ressemble tellement... là où il est, là où on le trouve, là où on n'a qu'à se baisser pour le ramasser, et qu'à le prendre pour l'avoir? Quand on pense qu'il y a un moyen si simple d'être amoureux et d'en avoir le droit! d'être amoureux tranquillement, paisiblement, comme on est propriétaire, sans souci, sans tracas, sans jalousie du passé, sans défiance de l'avenir, là, en toute sécurité, les pieds dans ses pantoufles? (Paul tourne autour de la table, touche distraitement à ce qui est dessus, au métier à tapisserie.) Quand on pense qu'on peut avoir cela, de l'amour, et du vrai, de celui qu'on ne trouve pas dans les magasins, du véritable amour d'honnête femme, sans scandale, sans coups et blessures, sans risque de flagrant délit, sans tous les inconvénients de l'amour qui n'est pas garanti par le gouvernement!

PAUL, s'asseyant sur le canapé, à droite.

Ah ça! parce que j'ai reçu bêtement un coup d'épée, est-ce que tu aurais l'idée de me marier pour ma convalescence?

PIERRE.

Tu as raison. Il faut être vieux comme moi pour te dire cela... (Il se lève.) Je suis stupide de vouloir te donner mon expérience. C'est comme un habit noir, l'expérience : ça demande à être fait sur mesure... ça ne sert que pour

un ! *(Il va vers Paul.)* Dis donc, Paul, tu n'aurais pas envie
de voyager?

PAUL.

Moi?

PIERRE.

Tu ne fais rien... pas même ton droit. Voyons, si nous
arrangions là un beau voyage... *(Il s'assied sur la chaise, à côté de
la table, en face de son frère.)* Tu n'as pas songé quelquefois à
aller bien loin, en Orient, par exemple? Un petit tour
d'un an ou deux... Qu'en dis-tu? Ça ne te sourit pas?

PAUL.

Tu as entendu dire que les voyages formaient la jeu-
nesse, n'est-ce pas?

PIERRE.

Ils mûrissent bien le vin de Bordeaux!

PAUL.

Et tu crois qu'en me promettant des paysages, tu vas
me faire quitter Paris?... Paris! Mais tu ne te rappelles
donc pas ce que c'était pour toi quand tu avais mon
âge? Paris! mais rien que ce mot là... On voit la liberté
de sa jeunesse et la femme qu'on aimera! Tout ce qu'on
s'est figuré... ce qu'on espère de la vie et ce qu'on n'en
sait pas... c'est là! Paris! mais c'est le rendez-vous donné
par les romans à vos rêves! Paris! je n'y ai encore vécu
qu'une nuit... et il me semble qu'on y marche comme dans
une féerie de théâtre... à travers des surprises et des en-

chantements qui vous enveloppent... au milieu de femmes voilées qui vous échappent...

PIERRE.

Ah ! ton domino ! toujours ton domino !

SCÈNE XI

PIERRE, PAUL, M. MARÉCHAL, MADAME MARÉCHAL, HENRIETTE,
revenant de déjeuner. Madame Maréchal donne le bras à Henriette.

M. MARÉCHAL.

Voilà ! c'est fait !

PIERRE.

Déjà ?

M. MARÉCHAL.

Oh ! ma fille mange comme un oiseau... Ma femme n'a pour ainsi dire pas déjeuné... Il n'y a que moi... (Madame Maréchal va s'accouder au canapé, à gauche; Henriette, assise sur la chaise basse auprès du canapé, tire son crochet de sa poche et se met à travailler. — A Pierre.) Ah ça ! mais vous fumez, n'est-ce pas ?

PIERRE.

Comme un homme qui a vécu dans la patrie des cigares... Voyez-vous, on a beau dire, le tabac, pour la santé... c'est encore le meilleur des poisons.

M. MARÉCHAL, à Henriette.

Te voilà déjà fourrée dans ton ouvrage, toi?

HENRIETTE.

Je voudrais finir ça... Tiens, jusque-là.

M. MARÉCHAL.

Laisse donc! c'est très-mauvais après ses repas de travailler tout de suite... Tu ne prends jamais d'exercice. Viens donc faire un petit tour. Allons, viens donc avec nous... (Il l'entraîne avec lui. Madame Maréchal fait signe à sa fille d'aller avec son père. — A Paul.) Je vous laisse ma femme.

SCÈNE · XII

MADAME MARÉCHAL, PAUL.

MADAME MARÉCHAL, à Paul qui s'est levé.

Eh bien! monsieur, vous ne vous trouvez pas trop fatigué?

PAUL.

Non, madame, je vous remercie... Je me sens très-bien, au contraire... et je suis bien content. (Madame Maréchal s'est assise sur le canapé, à gauche.) C'est que j'ai eu grand peur de mourir. Quand mon frère venait les premiers jours, je voyais qu'il avait pleuré... On regarde beaucoup, quand on en est là, le visage de ceux qui vous aiment... Et cela me paraissait bien dur de m'en aller ainsi, de tout quitter, la vie avant d'y avoir goûté... Ce qu'on ne connaît pas, si vous saviez comme cela paraît beau ! Et puis mourir, c'est toujours mourir... (Il s'assied sur la chaise basse auprès de madame Maréchal.) Oh ! mais je ne sais pas pourquoi je vous dis cela ; je n'y pense plus : aujourd'hui je vais si bien, je me sens vivre, et je suis tout heureux de vivre...

MADAME MARÉCHAL.

Oui, c'est ce qui arrive... Je me rappelle, après une maladie, une sensation comme celle que vous dites là... la vie qui revient comme une joie.... Mais aussi pourquoi vous battre? Vous n'avez pas songé à votre mère....

PAUL.

Je n'ai plus de mère, madame.

MADAME MARÉCHAL.

Mais comment Monsieur votre frère, qui me paraît raisonnable, et qui vous aime, il me semble....

PAUL.

Comme un père, madame. C'est pour cela qu'il m'a laissé me battre....

MADAME MARÉCHAL.

Oh ! mon Dieu ! mais c'était donc bien grave?

PAUL.

Oh! du tout, madame.... Une querelle de bal masqué tout simplement....

MADAME MARÉCHAL.

De bal masqué?

PAUL.

Oui, un monsieur qui, à l'Opéra....

MADAME MARÉCHAL.

A l'Opéra?

PAUL.

Vous n'avez jamais été au bal de l'Opéra, madame?

MADAME MARÉCHAL, froidement.

Non, monsieur.

(Elle se lève.)

PAUL, se levant.

Oh! pardon.... Mais je vous demandais cela.... On m'avait dit que quelquefois des femmes mariées avaient la curiosité de s'y faire mener par leurs maris.... une fois dans une loge... pour voir... (Madame Maréchal va s'asseoir sur la chaise près de la table et prend sur ses genoux son métier à tapisserie. — Paul est debout tout près d'elle) Eh bien, au dernier bal, à la mi-carême, un domino comme cela, qui avait perdu son mari et qui était insultée par un monsieur, réclama mon bras : cela a amené entre ce monsieur et moi un échange de paroles... un peu vives.... et voilà d'où vient mon coup d'épée, madame.

MADAME MARÉCHAL.

Mais, c'est une aventure, s'il vous plaît! Vous vous êtes conduit là en chevalier.... Et vous ne connaissiez pas la femme?

PAUL.

En aucune façon.

MADAME MARÉCHAL.

Oh! mais nous ne sommes plus habituées à ces dévouements-là... Comment, vous manquez de vous faire tuer pour une femme qui ne vous a pas seulement remercié... peut-être?

PAUL.

Me remercier? Mais elle ne sait pas que je me suis battu pour elle! Elle s'est sauvée, et elle n'était plus là quand la provocation a eu lieu... C'est bien jeune, vous trouvez, n'est-ce pas, ce que j'ai fait là? Se battre pour une vision... pour une femme à peine entrevue, qui passe par hasard, un moment, dans votre vie... Que voulez-vous? maintenant cela mef ait un petit bonheur au fond de moi... Je me dis qu'il y a quelque chose entre nous, et que c'est impossible qu'il n'y ait pas quelque chose... Si j'étais mort, il me semble qu'elle aurait pleuré, ce jour-là, sans savoir...

MADAME MARÉCHAL.

Quelle idée!

PAUL.

Et puis cette heure à ses côtés au bal.... sa robe que je sentais.... (Madame Maréchal se recule) les pensées qui me sont venues près d'elle... sa voix qui me touchait... Ah! cela vaut bien les quelques gouttes de mon sang que je lui ai données! Vous souriez? Je suis sûr que dans la vie on fait encore de plus mauvais marchés que ça!... Et puis je peux la rencontrer, la retrouver... Pourquoi ça ne recommencerait-il pas, le hasard?

MADAME MARÉCHAL, retournant la tête vers lui.

Parce que c'est le hasard.... Mais, vraiment, mon-
sieur, il faut que vous soyez enfant, mais enfant comme
on ne l'est pas! Vous êtes unique avec votre femme ma-
riée!... Quelque lorette qui se sera amusée de vous et
qui aura joué le sentiment...

(Elle se lève et descend la scène.)

PAUL, la suivant.

Ah! madame, c'est que vous ne l'avez pas entendue!
non, non... C'était une femme... mon Dieu! une femme...
comme vous...

MADAME MARÉCHAL, se retournant.

Je vous remercie bien... Et à quoi avez-vous reconnu
cela, monsieur? Je serais curieuse?...

PAUL.

A rien, madame, et à tout! A des paroles qui lui
montaient aux lèvres et qu'elle ne disait pas, au respect
que je respirais près d'elle! Elle ne m'a pas même laissé
toucher sa main... Et pourtant elle a été attendrie un
moment...

MADAME MARÉCHAL.

Ah! vraiment? attendrie, vous croyez?

PAUL.

Oh! ç'a été une minute, madame, je ne vous dis pas...
Elle n'y aura plus pensé après... En ôtant son masque,
elle ne se sera plus souvenue; mais là, dans le bal, sur la

banquette où nous étions... oh! je suis sûr qu'il y a eu un instant... Je la regardais... elle m'a regardée... (Les yeux de Paul et de madame Maréchal se rencontrent. — Un silence.) et nous sommes restés une seconde à ne nous rien dire... (Un silence, les yeux baissés.) Cette seconde-là, allez! elle me l'a bien donnée...

MADAME MARÉCHAL.

Oh! si vous en êtes si sûr que cela... (Elle remonte la scène. — Se retournant.) Allons, tenez! je vois ce que c'est : vous serez tombé, je parie, sur quelque femme de chambre de bonne maison, qui aura pris le domino et les airs de sa maîtresse... (Revenant à lui.) Eh bien, je vais vous donner un conseil... Il ne faut plus penser à cela, voyez-vous. Vous finiriez par vous rendre ridicule...

(Elle remonte la scène et va vers le fond arranger un vase de fleurs.)

PAUL, la suivant comme attiré.

Et pourquoi n'y plus penser, madame? Qu'est-ce que ça fait que les romans soient faux? Ils sont plus beaux que la vie, voilà tout! (Aux paroles de Paul, madame Maréchal tourne lentement sur elle-même.) Pourquoi ne voulez-vous pas que je croie à cette douce aventure d'une femme du monde, jeune et belle... comme vous... égarée là, un soir, curieuse et tremblante, au milieu de tout ce plaisir? Pourquoi ne voulez-vous pas que cette femme ait laissé tomber un regard sur ma jeunesse? Et pourquoi ne voulez-vous pas que j'y pense (Madame Maréchal va lentement vers la cheminée.) quand il me semble que vous m'y faites songer davantage... quand je crois la sentir dans je ne sais quel par-

fum qui vous entoure... dans je ne sais quoi de vous qui
a l'air d'être elle? Pourquoi ne voulez-vous pas?

MADAME MARÉCHAL, se retournant vivement et s'accoudant à la
cheminée.

Mais, moi, je veux rien... Sans doute, je n'ai aucun
droit... Et je ne puis vous défendre...

SCÈNE XIII

Les Mêmes, HENRIETTE, accourant tout essoufflée,

MADAME MARÉCHAL.

Ah! te voilà... arrive! Qu'est-ce que tu as fait de ces
messieurs?

HENRIETTE.

Oh! papa est en train de montrer la fabrique... je les
ai laissés.

MADAME MARÉCHAL.

Ton père est étonnant pour cela... Il croit que c'est
amusant pour tout le monde... Mais comme tu as chaud!
tu as couru?...

(Elle lui essuie le front avec son mouchoir.)

HENRIETTE, s'asseyant sur le canapé à gauche, avec sa mère.

Mais non, maman.

(Un silence.)

MADAME MARÉCHAL.

Vous savez, monsieur... si vous voulez lire... vous
avez là des Revues...

PAUL,

Je vous remercie, madame.

(Un silence.)

HENRIETTE, à madame Maréchal.

Trouves-tu le dessin de mon crochet plus joli que celui de madame Lubert?

MADAME MARÉCHAL.

Oui, oui... c’est plus léger. (Un silence. — Elle prend un peloton de laine sur la cheminée et revient le dévider sur le canapé avec sa fille. — A Paul.) Vous allez beaucoup dans le monde, monsieur de Bréville?

PAUL, s’avançant.

Oh! madame, je voudrais bien... J’ai été seulement à deux bals cet hiver...

MADAME MARÉCHAL.

Vous dansez?

PAUL.

Tant que je peux, madame.

MADAME MARÉCHAL.

C’est de votre âge... Comment deux bals seulement?

PAUL.

Oui, une fois chez madame d’Anjorand...

MADAME MARÉCHAL.

Ah! oui, je connais... Elle invite beaucoup de jeunes gens... Elle trouve que c’est meublant pour un salon. (Paul se recule un peu. — Un silence.) Est-ce que vous comptez faire quelque chose, monsieur?

PAUL.

Mon Dieu! madame, j'aurais été seul, sans mon frère, j'aurais pris une carrière...

MADAME MARÉCHAL.

Laquelle?

PAUL.

Je serais entré à Saint-Cyr.

HENRIETTE, levant les yeux vers sa mère.

Ah!

MADAME MARÉCHAL.

Militaire, vraiment? C'est en voyant des uniformes que cette vocation-là vous est venue?

PAUL.

Non, madame, c'est en regardant le portrait de mon père.

(Il va vers la table à droite.)

UNE FEMME DE SERVICE, paraissant à la porte, à madame Maréchal.

Madame, il y a en bas cette femme... dont le mari a été tué à la fabrique, vous savez...

MADAME MARÉCHAL. Elle se lève.

Ah! oui, c'est vrai, c'est le jour de son mois... (A Henriette.) Il faut donner l'argent à cette pauvre femme.

HENRIETTE, avec peur.

Oh! maman!

MADAME MARÉCHAL.

Est-ce que tu as peur de la voir?

HENRIETTE.

Non... j'ai peur de pleurer.

MADAME MARÉCHAL.

Eh bien, alors j'y vais.

(Elle sort en faisant un geste de caresse à sa fille.)

SCÈNE XIV

HENRIETTE, PAUL.

HENRIETTE, s'avançant timidement, tout en travaillant, vers Paul
qui feuillette sur la table.

Vous n'avez pas de sœur, monsieur.

PAUL.

Non, mademoiselle.

HENRIETTE.

C'est que vous parliez tout à l'heure des bals de ma-
dame d'Anjorand... Maman m'y mène quelquefois... Et
si vous aviez eu une sœur, j'aurais eu le plaisir de l'y
rencontrer.

PAUL.

Ma foi, mademoiselle, j'aurais bien voulu... Il n'y a que des hommes dans notre famille... Nous sommes quelquefois quinze cousins à table... c'est lugubre.

(Il prend un album sur la table et l'ouvre.)

HENRIETTE.

Ah! c'est mon album.

PAUL.

Pardon, mademoiselle,

(Il le referme.)

HENRIETTE,

Oh! vous pouvez regarder... C'est de tous les gens qui sont venus ici... une petite pensée qu'ils nous ont laissée d'eux...

(Elle lui tourne le dos, en s'appuyant à demi au dossier de la chaise.)

PAUL, à part.

L'invitation à l'album... (Haut.) Vous aimez les souvenirs, mademoiselle?

HENRIETTE.

Oh! beaucoup... Je vais vous dire quelque chose... Vous ne rirez pas... Quand j'ai donné la main à une personne que j'aime, je garde les gants que j'avais... J'en ai tout un tiroir... (Elle regarde par la porte vitrée à droite.) Mon maître de dessin...

(Elle fait une révérence à Paul et se sauve.)

SCÈNE XV

PAUL, assis sur le canapé à droite, puis Thérèse.

PAUL, seul.

Écrire sur un album de demoiselle, c'est commode !
Mais je ne sais pas, je n'ai jamais appris, moi...

THÉRÈSE, avec un paquet sur le bras. — Elle entre en criant.

Mademoiselle ! mademoiselle ! C'est le peintre...
Tiens !... mademoiselle est déjà montée ? (Paul lui fait signe
que oui.) Et ça va bien, monsieur Paul ? C'est vrai que
vous partez ce soir ? Vous allez manquer à la maison...
On avait l'habitude de vous... Mademoiselle me deman-
dait tous les matins de vos nouvelles... Moi... je suis sûre
que j'entrerai dans votre chambre, comme si vous y
étiez...

(Elle va pour sortir.)

PAUL, se levant et venant s'asseoir sur la chaise près de la table.

Viens un peu ici... Sais-tu que tu es une fameuse
garde-malade, et que si je ne t'avais pas eue...

THÉRÈSE.

Dame ! monsieur, aux enfants trouvés où madame m'a
prise, quand les malades donnaient, j'étais un peu infir-
mière...

PAUL !

Tu es une brave fille... Tiens !
(Il lui met de l'argent dans a main.)

THÉRÈSE.

Oh! tant que ça!... Gardez donc... On n'a jamais
trop d'argent, un jeune homme...

PAUL.

Va donc! va donc! Tu t'achèteras quelque chose...
Qu'est-ce que tu t'achèteras, voyons?

THÉRÈSE.

Eh bien, monsieur, j'achèterai une chaîne de montre,
pour porter, quand j'aurai ça sur le dos... (Elle déplie un
domino.) Hein? la belle soie...

PAUL, avançant la main.

Mais c'est... c'est un domino!

THÉRÈSE.

Oui... que m'a donné madame... pour m'en faire une
robe... (Elle lui apporte le domino.) La jolie dentelle, n'est-ce
pas? C'est du Chantilly, voyez-vous? Par exemple, ce
n'est pas pour moi, la dentelle... (Elle lui enlève des mains le
domino.) On devrait s'amuser, n'est-ce pas, avec un si
beau domino que ça? (Elle le jette sur ses épaules, et le retire pres-
que aussitôt.) Eh bien, comme c'est drôle, depuis que ma-
dame l'a mis, il y a de cela quinze jours...

PAUL.

A la mi-carême?

THÉRÈSE, repliant le domino.

Oui, juste, eh bien! elle a toujours l'air d'être dans
ses réflexions...

PAUL, se levant.

Ah!

THÉRÈSE, revenant au moment de sortir.

Allons, je vous remercie bien, monsieur Paul... mais vous savez, vous ne m'auriez rien donné, ça aurait été tout de même.

(Elle sort à gauche.)

SCÈNE XVI

PAUL, puis madame MARÉCHAL.

PAUL.

C'est elle! C'était elle! C'est elle!

(Il tombe assis sur la chaise près de la table.)

MADAME MARÉCHAL, entrant par le fond.

Ah! vous êtes seul, monsieur? Ces messieurs ne sont pas encore rentrés? Mais qu'est-ce que vous avez?... Est-ce que vous souffrez?

PAUL.

Un peu, madame... oh! presque pas...

MADAME MARÉCHAL.

Voulez-vous que je sonne? que je fasse monter un domestique pour vous aider à regagner votre chambre?

PAUL, se soulevant sur la chaise.

Merci, madame, merci... ç'a été un élancement... et puis, ce n'est plus rien...

MADAME MARÉCHAL.

Oh! vous êtes pâle... Respirez un peu, tenez !
(Elle lui présente un flacon. Il le regarde, le prend à mains jointes, se dresse debout.)

PAUL.

Vous l'aviez, vous rappelez-vous?... C'était vous! C'est vous!

MADAME MARÉCHAL.

Monsieur....

PAUL.

Je vous dis que c'est vous! Mais puisque je le sais!... puisqu'on me l'a dit! puisque c'est vous!... Ah! vous ne vouliez pas me laisser rêver! Eh bien, madame je ne rêve plus!

MADAME MARÉCHAL.

Monsieur, je ne sais vraiment où vous prenez...

PAUL.

Madame, vous étiez au bal, à l'Opéra, à la mi-carême...

MADAME MARÉCHAL.

Monsieur !...

PAUL.

Ah ! tenez, c'est inutile encore une fois... Je viens, il
n'y a pas cinq minutes, de toucher le dómino que je tâ-
chais d'effleurer de mes lèvres cette nuit-là !

MADAME MARÉCHAL.

Eh bien ! oui, monsieur, j'y étais. Après? J'ai même
causé avec vous. J'ai peut-être eu tort, mais c'est vrai.
Après ? Quel droit cela vous donne-t-il à me parler chez
moi de choses que je ne dois pas entendre ?... Nous ne
sommes plus en carnaval, monsieur. Ici, vous êtes M. de
Bréville, et je suis madame Maréchal... Je suis mariée,
je suis mère, j'aime mes devoirs, monsieur, mon mari et
ma fille... Vous m'avez compris, je pense ?

(Elle passe devant lui, et va s'asseoir sur le canapé à droite.
Un silence.)

PAUL, après avoir rapporté lentement le flacon qu'il pose sur la table.

Ah! tenez! tout à l'heure, madame, vous me disiez
que j'étais un enfant... Un enfant, ce n'est pas dange-
reux... Eh bien! supposez-moi encore plus jeune que
je ne suis... que je sois un enfant tout à fait... pas
autre chose... Alors, on a des adorations qui ne font
de mal à personne... Les gens âgés en sourient, les plus
méchants leur pardonnent, le mari ne s'en inquiète
pas... et la femme... (Il s'avance derrière le canapé.) la femme
s'en laisse caresser comme par le parfum de ce qui
fleurit, et la musique de ce qui chante. (Il passe derrière elle
et lui parle dans le dos.) Cela flotte et voltige autour d'elle... à
peine si cela l'effleure... C'est de l'amour... mais de l'a-

mour qui ne dérange rien de sa vie... qui ne prend rien de son cœur... qui ne veut rien d'elle que ce qu'elle donne à tout le monde... De l'amour... qui n'est pas de l'amour ! (Il s'appuie et se penche sur le canapé.) La regarder quand elle ne vous regarde pas, s'endormir avec une phrase qu'elle vous a dite, se tenir tout petit et tout content dans l'ombre de sa robe... et puis, un jour, une fois, un moment, dans une promenade, sentir la chaleur de son bras passé autour du vôtre... Mais on ne demande rien de plus ! La femme dit : C'est un enfant...

(Paul est tout à fait derrière madame Maréchal qui détourne la tête.)

MADAME MARÉCHAL.

Monsieur, restons-en là, je vous en prie, pour vous et pour moi...

(Elle se lève, et va vers le fond pour sortir.)

PAUL, l'arrêtant en se mettant devant elle.

Ah ! écoutez-moi encore un peu... Mais c'est impossible que je ne vous sois rien... Il y a comme une main qui nous a poussés l'un vers l'autre... une fatalité, si vous voulez, je ne sais pas... Cette rencontre... ce coup d'épée qui me jette mourant à la porte de votre parc... moi ici, chez vous !... Oh! vous n'auriez pas le courage de me chasser !...

MADAME MARÉCHAL.

Monsieur, au dîner, vous ne me verrez pas : je serai malade... Et je vous demande de ne jamais chercher à me revoir... jamais, entendez-vous?

PAUL.

Oh! par grâce, pitié!... vous revoir!... si! vous revoir! Oh! restez! (Il parle dans le dos de madame Maréchal qui fuit lentement vers la droite, devant le canapé.) Je voudrais tant!... Aujourd'hui!... rien qu'aujourd'hui!... jusqu'à ce soir!... Encore un peu!... Oh! vous serez bonne... Ce sont mes nuits de fièvre... voyez-vous... Je ne dormais pas... toujours la même idée... toujours vous... On devient fou... (Madame Maréchal se retourne.) Oh! pardon... je ne dirai plus cela... Ne me renvoyez pas, dites? Que je reste... oh! que je reste!... Madame... Madame... (Il tombe sur le canapé. D'une voix qui s'éteint.) Ah! tenez, maintenant, je ne m'en irai pas... Je... je ne peux plus...

(Il s'évanouit.)

Madame Maréchal le regarde, s'arrête, hésite, court à la sonnette de la cheminée, sonne, fait un geste d'impatience et d'angoisse, puis court à Paul évanoui, lui jette un baiser sur le front, recourt vers la sonnette, se retourne, aperçoit Paul soulevé sur le canapé et lui tendant les bras. Elle pousse un cri et se cache la figure dans ses mains.

FIN DU DEUXIÈME ACTE

ACTE TROISIÈME

TROUVILLE

ACTE III

—

TROUVILLE

(Un petit salon dans un chalet de Trouville, porte au fond. Portes avec por-
tières à gauche et à droite, celle de droite menant à la chambre de ma-
dame Maréchal, celle de gauche à la chambre d'Henriette. — A gauche,
une cheminée ; à côté, un bonheur du jour, une chaise, une table à ouvrage,
un fauteuil, une chaise. — A droite, un guéridon entre deux chaises. —
— Canapés au fond.)

SCÈNE 1

MADAME MARÉCHAL., seule, assise sur un fauteuil à ouvrage.

MADAME MARÉCHAL. (Elle regarde la pendule.)

Il est maintenant en vagon... Je croyais qu'il ne par
tirait jamais... Il m'a dit : Comme tu m'embrasses !
J'ai eu peur qu'il ne me regardât... Parti ! j'ai besoin de
me répéter cela... C'est qu'il faut si peu de chose ! On a
beau tout combiner, tout arranger, penser à tout... un
accident, un rien, une de ces bêtises qui arrivent, mon
Dieu ! il ne faut que cela!... Huit heures!... Oh! ces

aiguilles, quand on les regarde, elles n'ont pas l'air de marcher... Voyons! faisons quelque chose... (Elle prend une bande de tapisserie, essaye de travailler, et la laisse retomber.) Ah ! c'est tuant, cette vie-là, de toujours lutter, de toujours veiller, d'avoir toujours besoin de toutes ses forces et de toute sa volonté, d'être là toujours aux écoutes... avoir peur du regard d'un domestique... de ses rêves, la nuit! Il y a des moments, il me semble, où je deviens stupide... J'ai des choses qui se brisent dans ma tête... Encore quatre heures!... Oh! il sera exact... (Elle se lève et s'assied à droite sur la chaise, à côté du guéridon.) Qu'est-ce que peut faire Henriette? Les autres fois, elle est moins longtemps, quand elle va jusqu'au chemin de fer avec son père... Je dirai que je suis fatiguée, je ferai servir le thé de bonne heure... Je voudrais être un peu seule avant qu'il ne vînt, pour que toutes mes pensées l'attendent!...

SCÈNE II

MADAME MARÉCHAL, M. MARÉCHAL, entrant et jetant un sac de voyage sur un canapé.

MADAME MARÉCHAL.

Vous ! c'est vous ?

(Elle se lève.)

M. MARÉCHAL.

Mon Dieu, oui, c'est moi, ma chère amie. Vous retardez de dix minutes simplement, voilà. C'est absurde, cette heure de Paris qu'on rapporte... et puis, on n'est plus à l'heure d'ici. (Il va à la pendule et fait marcher les aiguilles.) J'ai parfaitement manqué le train avec tout cela.

MADAME MARÉCHAL., se rasseyant et se mettant à travailler.

Oh! vous d'abord, pour partir, vous mettez toujours un temps...

M. MARÉCHAL.

Bon! c'est ma faute à présent..

MADAME MARÉCHAL.

Et votre rendez-vous pour demain?

M. MARÉCHAL.

Eh bien, mon rendez-vous... qu'est-ce que vous voulez? je n'y serai pas. J'ai envoyé une dépêche... Il va falloir que je parte demain matin par le premier train... Oh! c'est une journée de perdue... Tenez, voilà les journaux, la *Revue*... c'était là, en bas, depuis ce matin midi... mais avec nos domestiques!... (Il regarde sa femme.) Vous ne les lisez pas?

MADAME MARÉCHAL.

Parcourez-les, vous me direz ce qu'il y a d'intéressant.

M. MARÉCHAL, s'asseyant de l'autre côté du guéridon.

Le Crédit mobilier a ouvert au-dessous de 1,100... Voyons combien a fait le Comptoir d'escompte? 765...

MADAME MARÉCHAL.

Est-ce que vous allez me lire le cours de la Bourse, mon ami?

M. MARÉCHAL.

Pardon!... voyons... Les nouvelles télégraphiques... « La crise ministérielle a abouti à un arrangement. Une position officielle a été rendue au prince Kong... » Ah! c'est en Chine... Un grand article sur l'hégémonie de l'Herzégovine... Ça vous est égal?... Un anonyme vient de restituer au Trésor public... heu... heu... heu... Ah! « Hier au soir, une détonation a jeté l'émoi... » C'est toujours intéressant. « Hier au soir, une détonation a jeté l'émoi... » (Il regarde sa femme.) Mais vous ne m'écoutez pas, ma chère?

MADAME MARÉCHAL.

Moi? si... si... c'est que je comptais mes points... J'ai pris un dessin terrible...

M. MARÉCHAL.

« M. R...! à Luzarches! ancien agent de change! » Mais c'est Roger! c'est Roger, mon Dieu!

MADAME MARÉCHAL.

Celui qui avait cette jolie femme blonde?

M. MARÉCHAL.

Il l'a tuée!

MADAME MARÉCHAL.

Tuée!

M. MARÉCHAL.

Net ! Lis...

(Il lui donne le journal.)

MADAME MARÉCHAL, parcourant des yeux le journal.

Oh ! c'est affreux !... Mais reprenez, reprenez-donc ce journal !

(Elle le repousse sur le guéridon.)

M. MARÉCHAL.

Oui, affreux ; mais que veux-tu ? On n'a plus sa tête, on doit voir tout rouge dans ces moments-là... Un mariage d'inclination ! Il l'adorait. Je me rappelle, sur les boulevards, en nous promenant, avant son mariage, il m'en parlait... il était comme un fou ! (Il se lève et se promène.) Une femme qui lui devait tout... Elle n'avait rien... Sa mère et elle brodaient des mouchoirs, quand il l'a connue... Il lui a donné voiture tout de suite, des chevaux, une maison, tout ce qu'elle voulait ! Il ne lui refusait rien. Il se saignait pour elle. Pendant dix ans, il travaillait toute la journée comme un nègre, et il la menait dans le monde le soir... Il se couchait à trois heures du matin, il se levait à cinq heures... C'est lui que je plains, moi...

MADAME MARÉCHAL.

Henriette n'est donc pas revenue avec toi ?

M. MARÉCHAL.

Non. Nous avons rencontré madame de Noisy et sa fille. Elles vont te la ramener.

MADAME MARÉCHAL.

Je pense à cette pauvre femme... C'est horrible.... Il
faut être si sûr !

M. MARÉCHAL.

Sûr? Et que veux-tu de plus? Tu n'as donc pas lu? Il
l'a surprise, la nuit, dans sa chambre, une nuit où elle le
croyait absent...

MADAME MARÉCHAL.

Ah! oui... elle le croyait absent... oui....

M. MARÉCHAL.

C'est toujours comme cela que cela arrive, du reste.

MADAME MARÉCHAL.

Où as-tu rencontré ces dames de Noisy?

(Elle se lève.)

M. MARÉCHAL.

Elles étaient à la porte du bijoutier. (Il s'assied.) Savez-
vous, ma chère amie, quelque chose qui me trotte dans
la tête depuis quelque temps? Est-ce que vous ne trou-
vez pas que notre Henriette a souvent maintenant un air
triste, préoccupé?... Elle a toujours été un peu sérieuse,
je sais bien... mais voilà plusieurs fois que je re-
marque...

MADAME MARÉCHAL.

Henriette?

(Elle remonte la scène.)

M. MARÉCHAL

Oui; Henriette... C'est que ce n'est plus un enfant que notre fille. Il faut bien nous mettre cela dans l'idée... Et elle aurait un petit sentiment, que ça ne m'étonnerait pas du tout. Alors vous ne vous êtes pas aperçue?

MADAME MARÉCHAL.

Hein? Moi... non.

M. MARÉCHAL, reprenant son journal.

Oh! je vous dis cela, c'est une idée. Vous savez, on sent ces choses-là... Oh! je ne lui en voudrais pas. Nous ne pouvons pas toujours, nous autres pères, prendre toute la place dans le cœur de nos enfants, il faut être juste.

MADAME MARÉCHAL, allant à la cheminée.

Sans doute... oui, sans doute.

M. MARÉCHAL.

Tiens! si tu lui en parlais? Je voudrais que tu lui en parles... Tu verrais...

MADAME MARÉCHAL.

Bien, mon ami, bien... oui... oui... Est-ce que vous avez vu ce bateau qui est échoué sur la plage? Ces pauvres gens font leur quête ce soir...

M. MARÉCHAL.

Oh! je connais ça: ici, c'est un métier de s'échouer.

(Un silence.)

MADAME MARÉCHAL.

Tenez ! si vous restez, vous allez vous endormir, je suis
sûre, comme hier.

M. MARÉCHAL, se levant.

Moi, par exemple !... Enfin, je vais toujours voir.

MADAME MARÉCHAL.

Ah ! si vous rencontrez M. Pierre de Bréville, en-
voyez-le-moi donc, cet ours-là... Il y a un siècle...

M. MARÉCHAL.

Je passerai au Casino... (Sur la porte.) Eh bien, n'oublie
pas Henriette, n'est-ce pas ? Si tu trouves une occasion...

(Il sort.)

SCÈNE III

MADAME MARÉCHAL, seule.

Mon Dieu ! pourvu qu'il le rencontre ! s'il ne le ren-
contrait pas ! Mais Paul ne saurait pas qu'il est revenu !
Il viendrait !... Oh ! il le rencontrera... Ce journal ! J'en
ai encore froid ! (Elle tombe assise sur une chaise). Ah ! moi qui
n'en trouvais pas assez d'émotions dans ma vie ! Ma fille...
Il me parlait de ma fille... mon Dieu ! Qu'est-ce qui
m'aurait dit cela, qu'un jour il ne me resterait plus
d'idées pour penser à ma fille !

SCÈNE IV

MADAME MARÉCHAL, HENRIETTE.

MADAME MARÉCHAL.

Ah ! te voilà revenue, Henriette !

HENRIETTE. (Elle va mettre son chapeau sur le bonheur du jour et revient.)

Oui, mère. J'étais avec madame de Noisy, qui m'a ramenée jusqu'à la porte... Est-ce que j'ai été long-temps ?

MADAME MARÉCHAL.

Non... non.

HENRIETTE.

On ne m'embrasse pas ? (Elle se penche vers sa mère pour être embrassée.) Ah ! ce n'est pas vos yeux pour embrasser, ça, maman ?

MADAME MARÉCHAL.

Enfant !

(Elle l'embrasse.)

HENRIETTE.

J'ai été si longue... Je vais te dire... Louise de Noisy a voulu que je reste pendant que le bijoutier lui perçait les oreilles... Tu sais, c'est la mode ici... Et puis il y avait un monde fou sur la plage. (Elle va à gauche.) Nous

avons été arrêtées par un tas de gens, des connaissances...
Les Lourmel, les Terval... (Elle ôte son châle ; tournant le dos
sa mère.) Ah ! j'ai été saluée par M. Pierre de Bréville...

MADAME MARÉCHAL.

Ah ! M. Pierre de Bréville...

HENRIETTE.

J'étais avec papa ; nous revenions du chemin de fer.

MADAME MARÉCHAL, avec un mouvement de joie.

Il le dira à son frère... je serai sauvée !... (A Henriette.)
Viens donc ici, ma chérie. (Henriette s'assied sur une chaise à côté
de sa mère.) Mais tu fais bien peu de toilette pour Trouville,
il me semble ?

HENRIETTE.

Tu ne me trouves pas assez belle, maman ?

MADAME MARÉCHAL.

Tu sais, pour moi... Cela ne t'amuse pas, la mer ?

HENRIETTE.

Oh ! si !

MADAME MARÉCHAL.

Tu ne trouves pas cela un peu triste ? C'est si grand...

HENRIETTE.

Ce n'est pas plus triste que le ciel.

MADAME MARÉCHAL.

Nous avons causé de toi, tout à l'heure, avec ton
papa, Henriette.

HENRIETTE.

Ah !

MADAME MARÉCHAL.

Oui... Il te croit le cœur un peu pris, figure-toi !
(Elle lui fait une caresse sur la joue.)

HENRIETTE.

Et vous, maman ?

MADAME MARÉCHAL.

Moi, je te le demande, mon enfant. (Elle lui prend le bras et
l'approche tout près d'elle.) Oh ! tu auras confiance en moi...
Dis-moi cela tout bas, à l'oreille... Je veux tes confi-
dences, moi... Tu m'as toujours dit tout. Une mère c'est
comme une sœur aînée... ça comprend tout. Qu'est-ce
que nous voulons, ton père et moi ? que tu sois heureuse,
n'est-ce pas ? heureuse pour la vie, avec un mari de ton
choix... (Henriette se lève ; madame Maréchal la reprend par les deux
mains.) Ne crains rien... Mais je te demande un peu pour-
quoi tu ne me le dirais pas ? Voyons, est-ce qu'il n'y a
pas ici un monsieur que tu trouves mieux que les autres ?

HENRIETTE, debout.

Moi ?... mais non.

MADAME MARÉCHAL, la tenant toujours par les mains.

Un monsieur que tu vois... quand tu ne le regardes pas ?

HENRIETTE.

Non.

MADAME MARÉCHAL, la regardant.

Quand tu ne penses à rien, il n'y a pas quelqu'un auquel tu penses un peu?

HENRIETTE.

Non... non.

MADAME MARÉCHAL, se levant.

Alors ton père se sera trompé... il avait cru s'apercevoir... (Elle se retourne vers Henriette.) Voyons, mon ange, c'est la vérité bien vraie...tu n'aimes personne, bien sûr? Tu ne me caches rien? (Elle lui lève la tête avec la main.). Tes yeux... que j'y voie ton cœur.

HENRIETTE.

Mais non, maman... Ah! on a sonné... je me sauve. (Sur la porte.) Je reviendrai...

SCÈNE V

MADAME MARÉCHAL, seule, puis PIERRE.

MADAME MARÉCHAL.

Ah! les hommes! (Se retournant elle aperçoit Pierre. Avec un mouvement de joie.) Ah! c'est vous... je suis enchantée... Vous devenez d'un rare... Il y a bien huit jours qu'on ne vous a vu...

PIERRE, lui donnant une poignée de main.

Madame...

MADAME MARÉCHAL.

Tiens, vous êtes seul?... Vous allez prendre le thé
avec nous, (avec intention) avec mon mari... Vous l'avez
rencontré? (Elle va s'asseoir sur une chaise à gauche.) Il ne part
que demain pour Paris... Où est donc votre frère?

PIERRE.

Mon frère? Il revient seulement de la pêche... Il
soupe maintenant.

MADAME MARÉCHAL.

Et qu'est-ce que vous devenez?

PIERRE.

Mon Dieu! je mène la vie de tout le monde... (Il passe
derrière la chaise de madame Maréchal et va à la cheminée.) Je prends
des bains, je bois, je mange... et je tâche de rendre
aux autres le mal qu'ils peuvent dire de moi...

MADAME MARÉCHAL.

Cela vous rend si méchant que cela, les bains de
mer?

PIERRE.

Mais c'est un effet général, madame... si vous croyez
que je suis une exception... Mon Dieu! c'est tout na-
turel... De quoi voulez-vous qu'on s'occupe? De la
mer? Mais on ne la regarde pas... J'étais l'autre jour
avec une dame qui est ici depuis un mois; tout à coup
elle a dit : Ah! tiens, la mer!... Trouville? Mais vous
savez ce que c'est : c'est Mabille pour les femmes ma-
riées... et le café de la Garde nationale pour les maris...

MADAME MARÉCHAL.

Allons ! voyons...

PIERRE.

Mais positivement. A Paris, on a ses affaires, ses am·
bitions, ses amis, ses plaisirs, ses distractions : ici,
quand on s'est mouillé et essuyé, qu'est-ce que vous voulez
qu'on fasse entre ses repas, pour tuer le temps? De
l'observation, et je vous assure qu'on en fait! et que
rien ne passe inaperçu... (Il passe à gauche de madame Maréchal.)
Un salut, une robe nouvelle, une poignée de main, un
tête-à-tête de deux minutes, une arrivée au chemin de
fer, un sourire, une migraine, n'importe quoi... (Il s'assied
sur une chaise à côté de madame Maréchal.) Je vous réponds que
tout cela est étudié, observé, noté, analysé, commenté...
C'est-à-dire que je ne sais pas s'il se perd, l'hiver, sur
toutes les côtes de France, autant de bateaux, qu'il se
perd ici l'été de réputations de femmes sur la plage !

MADAME MARÉCHAL.

Vraiment ? Ah ! c'est très-amusant !

PIERRE.

Non, madame, ce n'est pas amusant toujours, je vous
assure... Moi, qui ne suis pas un enfant, je suis quelque-
fois effrayé de ce qui se découvre, de ce qui se mur-
mure, de ce qu'on voit, de ce qu'on dit, de tous ces
chuchotements où commencent les scandales... C'est
qu'il y a des gens de génie, des hommes, des femmes
surtout, dans cette partie-là... et qui ont comme une

seconde vue du mal... Des gens qui n'oublient rien et qui apprennent tout ! tout, on ne sait comment ! C'est un travail de sauvages : ils remontent du geste au regard, ils concluent de l'imprudence à la faute, ils soupçonnent, ils flairent, ils devinent !... Au second bal du Casino, vous savez bien qu'on parlait déjà de madame de Rilliers ?...

MADAME MARÉCHAL, distraitement.

Ah ! oui, madame de Rilliers...

PIERRE.

Madame Bériat est aujourd'hui on ne peut plus affichée...

MADAME MARÉCHAL.

Ah ! madame Bériat ?

PIERRE.

Et il n'y a plus à présent que le mari de madame de Laujon qui demande pour quelle histoire de femme M. Gonet s'est battu avant-hier...

MADAME MARÉCHAL.

Madame de Laujon ?

PIERRE.

Oui, madame de Laujon... Et puis, pour mieux deviner, on suppose ; on met un peu de calomnie en avant pour éclairer la médisance ; on lance un mot pour voir s'il sera ramassé... On laisse tomber, en mettant la cuiller

dans une glace, négligemment : « Madame Maréchal ?...
oh !... » Et je viens d'entendre nommer mon frère,
madame...

(Il se retourne vers elle.)

MADAME MARÉCHAL.

Qu'est-ce que vous voulez me dire enfin ?... Voilà une
heure... Est-ce que vous croyez que je ne me doute pas
que vous savez tout ?

PIERRE.

Ce que je veux vous dire, madame (Il se lève.) c'est
qu'en aimant mon frère, vous avez fait de moi un homme
reconnaissant, orgueilleux de cet amour... comme s'il
ombait sur moi-même... Ce que je veux vous dire, et
ce que vous ne savez pas, ni vous, ni lui, c'est que
votre amour, je l'ai gardé, je l'ai veillé, comme un
homme qui couche en travers d'une porte et qui ne dort
pas de la nuit... J'épiais autour de vous, le bruit, les coups
d'œil, le silence... J'étais là derrière vous, effaçant·vos
imprudences ; je renouais chaque jour votre secret, et je
refaisais autour de vous sans cesse quelque chose comme
de l'ombre et de la sécurité... Je fermais les bouches qui
parlaient, j'empêchais la jalousie de vous voir... Votre
bonheur était insolent : je me mettais devant pour le
cacher, et faire qu'il ne blessât personne ! (Il marche et revient
auprès de madame Maréchal.) Voilà trois mois que je fais ce mé-
tier-là, trois mois que je suis toujours là, rompant vos
tête-à-tête, vous arrachant à lui, vous jetant de sottes

plaisanteries qui vous fassent rire, quand vous rêvez, quand je sens que vous allez rougir ou pleurer,... vous avertissant de votre mari, du monde, de tous ceux qui sont là, et que vous ne voyez pas, quand il est là!... (Il marche avec agitation.) Trois mois que je vous suis insupportable... et que vous croyez que je fais cela à cause de je ne sais quel mauvais sentiment de jalousie, parce que vous me prenez de l'affection de mon frère, n'est-ce pas?... Oh! je vous pardonne... Eh bien, madame, je suis au bout de ma tâche... J'ai cru réussir un moment; j'ai cru qu'on pouvait cacher un bonheur comme le vôtre, que j'avais endormi la curiosité du monde, que vous pourriez vivre tranquille tous les deux, et qu'on vous laisserait vous aimer... Aujourd'hui, je le vois, c'est impossible. J'ai lutté, je suis battu.... (Se retournant vers elle et se rapprochant.) Mais cela court maintenant sur les chaises de la promenade! Les indifférents en parlent déjà : votre mari peut l'apprendre demain... ce soir. Et alors votre amour, savez-vous ce que ce sera? Ce sera, ce qu'on appelle de son vrai nom légal : l'Adultère! L'Adultère, entendez-vous? quelque chose qui est dans le Code et qui fait asseoir sur le banc des voleurs! Votre passion, cela fera un procès qu'on vendra... Vos lettres seront un dossier, et il y aura des avocats pour les lire tout haut... Vous pleurerez devant des juges, comme une femme déshabillée toute vive... *La Gazette des Tribunaux* dira la couleur du chapeau que vous aviez... et il viendra pour vous voir là, des gens que vous aurez reçus dans votre salon, qui auront dansé chez vous !

MADAME MARÉCHAL.

Un procès à moi? Mon mari? Jamais! Oh! je n'ai pas peur... Il me tuerait! (Elle se lève. — Pierre s'est assis à droite.) Tout ce que vous me dites... ce que je risque, tout ce que je joue, est-ce que vous croyez que je ne le sais pas aussi bien que vous? C'est ma vie, je le sais bien. Eh bien! après?... De la honte? Allez! j'en ai par dessus la tête! Et je n'ai pas besoin du mépris des autres! Enfin, quoi? Qu'est-ce que vous voulez? Que je rompe, n'est-ce pas? Eh bien! voilà, je ne peux pas... non, je ne peux pas! Ah! tenez... Regardez-moi... Il ne m'aime plus. Et vous venez de me dire tout ça pour que je lui rende sa liberté... Oh! d'abord vous avez dû toujours l'empêcher de m'aimer, je suis sûre... (Pierre se lève.) J'ai bien vu que vous étiez toujours contre moi...

PIERRE.

Mon frère vous aime aujourd'hui comme il vous aimait hier, madame... Il ne sait rien de ce que je vous ai dit... et j'espère qu'il l'ignorera toujours...

MADAME MARÉCHAL.

Oh! pardon... Je vous assure, je ne lui ai jamais dit de mal de vous, demandez-lui... au contraire... Mais c'est que l'idée de le perdre!... Ma vie, vous avez dû la comprendre... (Elle tombe assise sur la chaise, à droite, la tête dans les mains, les coudes sur le guéridon.) Vous connaissez mon mari... Mon Dieu! je ne l'accuse pas... Il est bon... il ne peut pas m'aimer autrement... Moi un mari, je croyais...

J'avais rêvé... Oh! j'ai souffert! j'ai pleuré!... Et pourquoi? Je n'avais pas de chagrin, j'avais tous les jours à dîner, du feu, un logement, des robes... J'ai cru mourir!... Ce sont des années qui me font encore peur!... Et vous voulez que j'y retombe comme cela, tout de suite! Laissez-moi le temps au moins... Mon Dieu! pour des cancans... Je vous promets : nous serons sages, nous ferons attention... Je vous donnerai toujours le bras... Il ne viendra plus ici... je sais bien, c'est imprudent... Oh! je vous en supplie... (Elle lui prend les mains.) Nous vous aimerons tant tous les deux!

PIERRE retire ses mains. Après quelques tours dans la chambre, il revient s'asseoir près d'elle.

Vous jouez votre vie, c'est bien, madame... Mais savez-vous que vous jouez aussi le bonheur de votre fille?

MADAME MARÉCHAL, se dressant debout.

De... ma fille? Allons! vous êtes fou... (Se retournant vers Pierre.) Ma fille! Eh bien! ma fille, quoi?

PIERRE, allant à elle.

Aux dernières courses de Caen, madame... Vous n'y étiez pas... Vous aviez laissé mademoiselle Henriette y aller avec son père... Mon frère courait ce jour-là... Il est tombé, comme vous savez, au premier obstacle... et il est resté un moment sans bouger... On le croyait tué... Moi, je n'y voyais plus... Une main a saisi la mienne, une main que j'ai senti trembler jusqu'à ce que mon frère fût relevé... (Il la regarde.) C'était la main de votre fille...

MADAME MARÉCHAL, joignant les mains.

Mon Dieu !... Mais alors... Oh ! mon Dieu, ma fille !...
Moi qui lui demandais là !... Elle l'aime !... Voyons, c'est
vrai qu'elle l'aime ?... Je vous crois, mon Dieu !... Vous
dites aux courses de Caen ?... Ah ! oui... Ne me dites plus
rien, en voilà assez !... (Elle tombe sur le canapé, à gauche. — Pierre
est assis à droite.) Eh bien ! oui, c'est cela, il le faut... Oui,
vous avez raison... Il le faut... Il faut rompre... Eh
bien ! c'est cela... Vous lui direz, à votre frère, comme
si ça venait de moi... N'est-ce pas ? comme si ça venait
de moi... Vous lui direz... Je ne sais pas... Vous arran-
gerez cela... que ma position, mes devoirs..; ah ! oui,
mes devoirs !... tout de suite, n'est-ce pas ?... Allez !

PIERRE.

Il ne me croira pas, madame...

MADAME MARÉCHAL, se levant.

Mais qu'est-ce que vous voulez, alors ?

PIERRE, s'approchant d'elle.

Ses lettres, madame. Je vous rapporterai les vôtres
demain.

MADAME MARÉCHAL.

Ses lettres ?... (Elle prend une clef dans un médaillon pendu à
son cou.) Ah ! c'est vrai. (Elle va au petit meuble à côté de la chemi-
née, prend dans un tiroir le paquet de lettres, et le rapporte lentement à
Pierre.) Tenez !... plus même cela de lui ! (Se jetant dans les
bras de Pierre en fondant en larmes.) Ah ! je suis bien malheu-
reuse !

PIERRE, lui tenant les mains.

Madame, je voudrais pouvoir vous donner du courage avec la pitié que j'ai pour vous.

(On entend à la porte la voix de M. Maréchal.)

MADAME MARÉCHAL, se retournant.

Mon mari !

SCÈNE VI

LES MÊMES, M. MARÉCHAL.

M. MARÉCHAL, à Pierre.

Ah ! moi qui cours après vous... Vous allez toujours bien ?

PIERRE.

Très-bien.

M. MARÉCHAL.

Et vous faites la cour à ma femme, comme cela, pendant que je vous cherche ?... Très-bien, très-bien !... (Voyant Pierre prendre son chapeau.) Eh bien ! je vous fais sauver ?

PIERRE.

Mon Dieu, je le disais à madame, j'ai quelques lettres à écrire ce soir... (Saluant.) Madame...

M. MARÉCHAL.

Au revoir, mon cher Bréville, au revoir.

(Ils se serrent la main.)

SCÈNE VII

MADAME MARÉCHAL, assise sur le canapé, à gauche ; M. MARÉCHAL,
puis HENRIETTE.

M. MARÉCHAL.

Figure-toi, ma chère, qu'au Casino, on danse, on danse... Et des toilettes ! des toilettes ! C'est étonnant, maintenant : je ne sais pas où on prend l'argent... Personne n'a cinquante mille livres de rente, et tout le monde les dépense...

(Un domestique apporte le thé. Henriette entre, pour le servir, par la porte de gauche.)

MADAME MARÉCHAL.

Oh ! c'est très-brillant, je sais...

M. MARÉCHAL, à Henriette.

Tu n'as donc pas pu décider ta paresseuse de mère à te mener au bal ?

HENRIETTE.

Oh ! ce n'est pas maman... Elle m'avait proposé de m'y mener... je n'ai pas voulu, ça m'ennuie...

M. MARÉCHAL.

Déjà?... Mon Dieu ! comme tu fais tes dents de sagesse de bonne heure ! (Henriette passe à droite et range sur le guéridon. — M. Maréchal s'assied sur la chaise, à droite, auprès de la table de thé.) A propos, ma chère, on a l'habitude de laisser l'argenterie dans la cuisine... Je ne sais pas s'il ne serait pas plus prudent de la faire remonter ici pendant la nuit... Il paraît que le jardinier, en venant le matin, l'autre jour, a vu des pas dans le jardin... (Henriette, après un mouvement et un regard vers la fenêtre, va vivement vers la table et se met à servir le thé) des pas d'homme, à ce qu'il dit...

MADAME MARÉCHAL, troublée.

Ah! il a vu...

M. MARÉCHAL.

Oh! c'est bien arrivé à Robinson!... (A Henriette qui le sert.) Pas de lait... non... Mais je te dis. non... Tu as une manière de servir le thé, par exemple, ce soir! (A madame Maréchal.) Oui, ma chère, près de la maison, dans l allée... (Henriette repose sur la table la théière, et madame Maréchal sa tasse de thé.) Bon! vous voilà effrayées, je parie...

MADAME MARÉCHAL.

Moi... mais... mais non...

HENRIETTE, se penchant vers son père comme pour couvrir sa mère.

Oh! nous sommes une des seules maisons où il y ait des fleurs... On vient peut-être la nuit pour en prendre... C'est si mal fermé sur la plage...

(Madame Maréchal regarde sa fille.)

M. MARÉCHAL, se levant.

C'est qu'il paraît qu'on exploite le pays depuis quelque temps... une bande de rôdeurs de nuit... Les Robiquet, tu sais?... Ils ont été complétement dévalisés pendant qu'ils étaient à Paris... On me sait souvent absent... Il y a cette fenêtre du corridor... Vous feriez bien de la fermer... (Allant vers la porte du fond) Avec le treillage qui est contre la maison... c'est si facile de grimper, et on est tout de suite à vos deux chambres... (A part.) En attendant, comme mesure de précaution, je vais toujours glisser une paire de balles dans mes pistolets... Tiens! Henriette... (Il lui donne sa tasse.) Regarde-moi donc... (Lui prenant la main.) Mais tu as les yeux rouges?

HENRIETTE.

Moi? Mais non... C'est qu'il commençait à faire froid au bord de la mer...

(Elle passe vers le guéridon, à droite, et prend un moment son ouvrage.)

M. MARÉCHAL, à madame Maréchal, assise à gauche.

As-tu parlé à Henriette?

MADAME MARÉCHAL.

Oui, mon ami.

M. MARÉCHAL.

Eh bien?

MADAME MARÉCHAL.

Eh bien! Henriette ne m'a pas répondu...

HENRIETTE.

Mais, maman, vous savez bien, je vous ai dit...

M. MARÉCHAL.

Allons! Henriette, pas d'enfantillage... Te voilà devant nous; ce n'est pas un tribunal, sapristi! Allons! faut-il

t'aider à parler? Je vais faire l'appel des jeunes gens que
nous rencontrons ici... Voyons si mes petites jalousies
de père ont eu de bons yeux... Le petit Lugeac, hé? (Hen-
riette fait un signe de tête négatif.) M. de Vermorel? (Même jeu d'Hen-
riette.) Non? Ah! je vais t'en nommer un... Tenez, ma
chère, pour celui-là, je voudrais que notre fille dise oui...
Mon Dieu! je sais, il est bien jeune... mais c'est un défaut
qui ne dure pas... Il n'a pas précisément le poids d'Hen-
riette comme fortune, mais notre fille sera assez riche...
Et je passerais par-dessus tout cela... Je ne sais pas
pourquoi toutes les fois que j'ai cherché à me figurer
mon gendre, c'était la figure de ce garçon-là que je
voyais... Ah! un vrai jeune homme!... de la poudre!
Charmant, là, charmant!... Bonne famille... un nom
honorable...

MADAME MARÉCHAL.

C'est?...

M. MARÉCHAL.

Oh! tu sais bien... Eh bien, le petit Paul... Paul de
Bréville...

HENRIETTE, se retournant vivement.

Je ne l'aime pas, M. Paul de Bréville...

M. MARÉCHAL.

Ah! tu te dépêches bien de dire que tu ne l'aimes
pas... Tiens! aujourd'hui tu es dans tes diables d'enté-
tements... On te nommerait toute la terre... Qu'en dites-
vous, Louise? Est-ce que vous ne voyez pas comme moi ce

joli couple-là? Est-ce que vous n'auriez pas du plaisir à les voir tous les deux ensemble, à côté de nous...

MADAME MARÉCHAL, d'une voix étouffée.

Tous les deux... ensemble... à côté de nous...

HENRIETTE, allant à son père.

Mais, papa, puisque je ne l'aime pas... J'en aime un autre d'abord!

M. MARÉCHAL, se levant.

.. Un autre? Tu en aimes un autre?... Eh bien, tant pis pour mon jeune homme, voilà tout! Moi, que ce soit l'un, que ce soit l'autre... tu comprends... Comment s'appelle-t-il celui-là, hein?... Voyons... (S'approchant de sa fille.) Eh bien, dis donc... On ne te mangera pas... (Il lui prend une main et la fait asseoir sur un de ses genoux.) Voyons, Nenette, ma petite Nénette... Ah! voilà un petit nom qui va te faire parler... Y a-t-il longtemps que je t'appelais comme ça! Tu étais haute comme la table, et tu me disais alors le nom de tous tes petits maris, te rappelles-tu? Qui est-ce, cet autre-là, hein?

HENRIETTE, lui mettant les bras autour du cou.

Mais c'est toi, papa!... Je ne veux pas me marier...

M. MARÉCHAL, déliant brusquement ses bras.

Tiens! laisse-nous... J'ai à causer avec ta mère... Laisse-nous.

(Henriette sort par la porte à gauche.)

SCÈNE VIII

.MADAME MARÉCHAL, M. MARÉCHAL.

MADAME MARÉCHAL.

Mon Dieu ! qu'est-ce que vous avez donc ce soir ?

M. MARÉCHAL, après un silence:

C'est la première fois que ma fille ne me dit pas la vérité... Elle a un secret notre enfant... oui, un secret pour nous, pour moi, pour vous, sa mère...

MADAME MARÉCHAL.

Oh ! mon Dieu ! mon ami, vous prenez cela...

M. MARÉCHAL.

Non... c'est que cette première chose qu'on me cache me fait peur, voyez-vous, Louise... Ces eaux, ces bains de mer, ce monde... on ne sait qui on rencontre, qui on voit, qui on reçoit... Je sais bien, ce sont des craintes... c'est absurde... Mais on n'est pas maître de ses inquiétudes... et malgré moi, ce soir... ce soir, Louise, est-ce que vous ne trouvez pas que cela sent le mystère chez nous ?

MADAME MARÉCHAL.

Le mystère ? Mais quel mystère voulez-vous ?...

M. MARÉCHAL.

Enfin pourquoi n'a-t-elle pas voulu me dire qu'elle aimait ? Car elle aime... moi, je vous dis qu'elle aime...

MADAME MARÉCHAL.

Peut-être parce que vous avez voulu lui faire dire... Vous, les hommes, vous savez si peu... Ces jeunes cœurs-là s'ouvrent d'eux-mêmes, on ne les force pas... Ce n'est pas en la brusquant... Laissez-moi le temps de la faire parler... Tenez, elle me dira tout, à moi... je vous réponds qu'elle me dira tout...

M. MARÉCHAL, jetant un livre sur la table avec colère.

Elle vous dira tout! elle vous dira tout!

MADAME MARÉCHAL.

Mon ami...

M. MARÉCHAL.

C'est vrai, vous avez raison... Je sens que je me mettrais en colère... Il vaut bien mieux que j'aille me coucher... Bonsoir... bonsoir...

(Il sort par le fond.)

SCÈNE IX

MADAME MARÉCHAL, puis HENRIETTE.

MADAME MARÉCHAL, tombant à genoux.

Mon Dieu! dites-moi qu'elle ne sait rien! (Henriette entre et se laisse glisser à genoux, sans que sa mère la voie. — Madame Maréchal continuant à prier, à part.) Mon Dieu! donnez-moi la force de mon sacrifice.

HENRIETTE, à part.

Mon Dieu! pardonnez-moi : je voudrais bien mourir.

MADAME MARÉCHAL, en relevant la tête, la voit à côté d'elle.

Toi!... Oh! les anges viennent quand on prie. (Elle la relève et la regarde.) Henriette!... Non... non... Ma fille... embrasse-moi!...

HENRIETTE, se jetant dans ses bras.

Mère!

(Madame Maréchal l'embrasse, la rappelle des yeux, l'embrasse encore et la reconduit doucement à sa chambre.)

SCÈNE X

MADAME MARÉCHAL, seule.

MADAME MARÉCHAL.

Oh! elle ne sait rien! Elle ne m'aurait pas embrassée comme cela!... Elle ne sait rien, rien! (Elle tombe sur un canapé au fond.) Ah! j'ai bien fait... Oui, oui, j'ai bien fait... A présent, c'est fini, je ne peux plus l'aimer... Mais quelle soirée! mon Dieu! quelle soirée! De l'air... j'ai besoin d'air... (Elle va ouvrir la porte et voit la fenêtre ouverte.) Ah! la fenêtre! (Elle retombe assise.) Ne plus rougir de moi, ah! j'en avais besoin!... Il me semble que je revois ma conscience et que mon cœur rentre dans ma maison... (Elle tombe dans une rêverie. — Par la fenêtre ouverte, entre la musique d'une redowa jouée au premier acte dans le bal.) Ah! la musique du Casino!

SCÈNE XI

MADAME MARÉCHAL, PAUL, entrant en sautant par le balcon
.de la fenêtre ouverte.

MADAME MARÉCHAL, se levant avec un cri.

Ah !... Vous n'avez donc pas vu votre frère ?

PAUL.

Voici les vôtres... (Il lui tend un paquet de lettres.) Mon frère ?
Si... vous voyez, je l'ai vu... Il m'a dit... Tenez, je ne
sais pas trop... que votre position dans le monde... votre
considération... C'est bien cela, n'est-ce pas ? Oh ! j'ai
compris... (Il tombe assis sur une chaise à droite.) Cela finit donc,
l'amour, Louise ?

MADAME MARÉCHAL.

Je vous expliquerai... Plus tard... Mon mari est ici...
il est là...

PAUL.

Ah ! votre mari !

MADAME MARÉCHAL.

Je serais perdue !

PAUL.

Eh bien, quand nous nous perdrions !

MADAME MARÉCHAL.

On lui a parlé d'escalades... de voleurs... Il a des
pistolets...

PAUL.

Oh! je vous aimais bien pourtant! Je vous aimais bien!... Dans votre voix, dans votre sourire, dans vos yeux, si vous saviez tout ce qu'il y avait pour moi! Quelquefois, quand vous ne faisiez que me regarder, j'étais heureux... heureux à sentir dans mes yeux des larmes me venir du fond de ma joie!... J'étais si jeune!...

MADAME MARÉCHAL.

Taisez-vous! Oh! taisez-vous!

(Elle remonte la scène, le dos tourné à Paul.)

PAUL.

Je n'ai pas eu ma mère, moi, figurez-vous... Et toutes les douceurs de la femme, c'était vous pour moi! Non, vous n'imaginez pas : vous étiez dans mes pensées comme il y a du bleu dans le ciel!... Quand je vous ai vue au bal, la première fois, vous rappelez-vous? Oh! je vous ai aimée tout de suite! Il me semblait que ma vie vous espérait... Vous? Mais je ne voyais que vous... Vous étiez ce que je croyais, ce que je priais!

MADAME MARÉCHAL, debout, le dos tourné, les mains appuyées sur la table.

Oh! je voudrais des injures, pour souffrir moins!

PAUL.

Un mot de vous, je le portais sur moi comme une médaille... Tenez, je me disais votre petit nom souvent tout seul pour me mettre mon bonheur sur les lèvres, et l'écouter retomber de ma bouche sur mon cœur!

MADAME MARÉCHAL.

Mon Dieu! vous ne comprenez donc pas?... (Se retour-
nant.) Ma fille t'aime! Ah! voilà!

(Elle se tord les mains.)

PAUL.

Henriette? Moi?

(Il se lève.)

MADAME MARÉCHAL.

Oui, Henriette!

PAUL.

Qui a pu?

MADAME MARÉCHAL.

Je le sais.... (Elle court à la porte et met le verrou. — Elle le
prend par le bras et le force à s'asseoir sur une chaise à côté d'elle.)
Et Dieu me donnera bien une minute pour vous dire
cela !.... Écoutez : c'est quelque chose de bien mal et qui
coûte, allez! de tromper son mari... un homme à qui
on doit tout... qui croit en vous, qui a confiance, qui
vous estime... qui vous estime !... Mettre tous les jours
le mensonge, la trahison, de la boue dans son ménage!
Oui, c'est odieux... Et vous ne savez pas les remords qui
déchirent une femme quand il lui reste encore l'honnê-
teté d'en avoir !... Ah! vous m'avez vue assez souffrir !
J'ai eu avec vous bien des larmes... Tout mon bonheur
les essuyait mal! Eh bien! tout cela... la honte, le cha-

grin, ce qui me rongeait, les dégoûts de moi-même, la peur de ce qui pouvait arriver, le monde et tous ses yeux, j'aurais tout supporté, tout bravé...

PAUL.

Louise !

MADAME MARÉCHAL. (Elle lui quitte les mains.)

Mais quand on m'a dit que ma fille vous aimait... mon Henriette! Mais les mères, n'est-ce pas? c'est pour donner le bonheur à leurs filles... elles ne sont faites que pour cela... et je lui volais le sien... je lui volais le sien pour toujours!... Oh! alors, je me suis détestée... j'ai eu horreur de moi... je me suis pris le cœur à deux mains, et j'en ai si bien arraché mon amour, que vous n'y êtes plus!.... Non, vous n'y êtes plus !

(Elle lui repousse les mains et se cache la figure.)

PAUL.

Et moi, je vous dis que vous m'aimez toujours

MADAME MARÉCHAL. (Elle se lève.)

Non, je ne veux pas!... je ne veux plus!... Partez! Oh! vous partirez !.... Laissez-moi, tenez! je vous en supplie, laissez-moi ! Faut-il que je vous parle à genoux? (Elle tombe à genoux.) Vous voyez bien que c'est moi qui vous demande grâce... Non... il ne faut plus m'aimer...

PAUL.

Je vous aime !

MADAME MARÉCHAL. (Elle se relève lentement.)

Et puis moi... je vais avoir fini d'être belle, moi, ce ne sera pas long... Un jour, vous m'auriez quittée....

PAUL.

Jamais!

MADAME MARÉCHAL.

Si, si, vous auriez vu!... Voyons, partez!

PAUL.

Je vous aime!

MADAME MARÉCHAL.

Vous ne pouvez pas pourtant me demander de faire mourir ma fille! Vous ne pouvez pas!... C'est mon enfant, Paul... je vous dis que c'est mon enfant! (Elle lui saisit le bras.) Oh! vous allez partir!

PAUL.

Je vous aime! je vous aime!
(Il veut la prendre dans ses bras. Elle le repousse.)

MADAME MARÉCHAL, avec terreur.

Écoute... des pas... on monte... (Bas.) C'est lui!

PAUL, à demi souriant.

Je l'avais entendu.
(La porte est secouée.)

MADAME MARÉCHAL.

Par où? mon Dieu! Ah! la fenêtre de ma chambre!... Il n'y a pas de treillage de ce côté-là... Il se tuerait!...

Non... Ah ! là... Malheureuse ! c'est la chambre de ma fille !...

LA VOIX DU JARDINIER EN DEHORS.

Il est en haut, monsieur ! il est en haut !

(Paul marche vers la porte.)

MADAME MARÉCHAL.

Où vas-tu ?

PAUL.

Mais... mourir....

MADAME MARÉCHAL. (Elle se précipite vers la porte.)

Oh ! pas sans moi !

(La porte de la chambre d'Henriette s'ouvre. Henriette paraît sur le seuil en peignoir blanc, les cheveux dénoués.)

MADAME MARÉCHAL, avec épouvante.

Ma fille ! ma fille !

(Elle recule et tombe évanouie sur un canapé au fond.)

LA VOIX DE M. MARÉCHAL DERRIÈRE LA PORTE.

Mais ouvrez donc, madame Maréchal !

SCÈNE XII

PAUL, madame MARÉCHAL, évanouie. HENRIETTE entre, passe devant Paul, et lui montre d'un geste la porte ouverte de sa chambre. Paul hésite. Henriette le poursuit jusqu'à la porte d'un geste qui le chasse, et le fait sortir, éperdu, à reculons. Paul disparaît.

SCÈNE XIII

MADAME MARÉCHAL évanouie, HENRIETTE, puis M. MARÉCHAL.
Henriette va à la lampe, l'éteint, et se met à genoux au milieu de la chambre, tournée vers la porte qui va être enfoncée. La porte est enfoncée. M. Maréchal entre un pistolet à la main.

M. MARÉCHAL.

Ah! la nuit... Ils ont éteint... Où est-il? (Apercevant Henriette en blanc dans l'obscurité, et la prenant pour sa femme.) Ah! (On entend se fermer une porte intérieure du côté de la chambre d'Henriette.) Tenez! elle l'a fait sauver par la chambre de sa fille!... Madame Maréchal, madame Maréchal! veux-tu me dire comment s'appelle ton amant?... Tu ne veux pas?... tu ne veux pas?... Eh bien! tiens!

(Il lui tire un coup de pistolet. Henriette tombe à la renverse en poussant un cri. A ce cri, madame Maréchal se lève d'un bond, se précipite sur sa fille, tâte la vie qui peut encore lui rester, se soulève en ouvrant la bouche pour crier.)

M. MARÉCHAL, tombant à genoux.

Henriette!

HENRIETTE, à son père, en mettant les deux mains sur la bouche de sa mère, d'une voix mourante.

C'était... mon amant... à moi...

FIN DU TROISIÈME ET DERNIER ACTE

APPENDICE

Nous donnons ici, sans commentaires, ces deux pièces curieuses à confronter :

« Paris, 7 décembre 1865.

« Monsieur le rédacteur,

On fait circuler, au sujet de la première représentation d'*Henriette Maréchal*, certaines accusations contre une partie du public qui composait la salle.

On veut jeter sur cette défaite une sorte de voile tout chargé de mystère ; on veut mettre de la cire aux oreilles du public ; on l'entoure de paravents pour lui dissimuler les sifflets ; on s'enveloppe soi-même d'une sorte de peplum de Calchas-Critique, et l'on crie à la foule un de ces gros mots à l'aide desquels on explique la *Raison universelle* et la *Cause efficiente et probante des choses !*

En vérité, Figaro n'eut pas tort quand il parlait des avantages de la Sainte-Cabale.

On est tombé Gros-Jean, on se relève Étoile !

Eh bien, non, monsieur, il n'y avait point de cabale contre

la pièce de MM. de Goncourt. Une cabale s'organise, et quoique l'on ait,—je ne sais déjà plus qui,—prétendu qu'elle était bien disciplinée, c'est se railler du public que de vouloir prétendre qu'une bulle de savon ne peut crever sans que les puissances conjurées n'aient médité sa ruine.

Une cabale!... Et de qui?... Et pourquoi?... Contre quoi?... — Voilà trois points d'interrogation auxquels il paraît difficile de répondre. C'est avec ce mot de cabale que les amis satisfont la politesse, que les auteurs consolent leur génie, et qu'enfin on fouette le dos des Innocents, assez niais pour oser exprimer une opinion qui était *la leur*, en face d'une salle qui, ce soir-là, était toute aux soins empressés de l'amitié, aux benoîtes ferveurs de la sainte claque.

Le poulailler a crié, hurlé, sifflé. — Complot!...

Le parterre a applaudi, applaudi, applaudi. —Indépendance!

Renversez les mots, monsieur, et vous aurez la vérité!

Nous autres, nous étions venus dès cinq heures, les pieds dans la boue, inquiets, impatients, plus sympathiques·qu'hostiles, croyant au talent de ces messieurs et prêts à applaudir, si nous trouvions leur pièce bonne. Nous étions là près de trois cents jeunes gens.... Et, en effet, on a raison de dire que nous étions une cabale... Une cabale, c'est un complot ; et nous complotions la chose la plus extraordinaire, monsieur, celle, étant les plus jeunes de l'assemblée, d'être les plus justes; celle, étant les moins favorisés, d'être les seuls payants! Nous avions organisé la conspiration des pièces de vingt sous contre les billets d'amis. Et, — voyez à quel point nous sommes simples, — au moment où l'on nous refusait au guichet des billets de parterre, nous subissions l'inspection d'un capitaine recruteur qui ne nous demandait qu'un peu de claque pour un bon fauteuil. Et à notre tour, nous avons refusé; — refusé, voulant rester indépendants et ne pas mettre les ficelles de notre enthousiasme entre les mains d'un chef de claque, et, comme des pantins, ne pas lever les bras, jeter des cris, pleurer d'admiration, selon le caprice de Son Indépendance.

Nous avons sifflé, comprend-on cela? sifflé, je ne sais quelles rapsodies que Bobino ne voudrait pas pour coudre à ses grelots! Sifflé un vieux paquet de ficelles dont le portrait de mon père, les gants de ma fille, le domino de madame, le mari qui manque le train sont les bouts les moins roussis et les moins usés! Sifflé un premier acte dont le réalisme n'a même pas le charme de la nouveauté : les *Enfers de Paris* et la *Mariée du Mardi-Gras* sont moins retroussés et plus joyeux! Sifflé un second acte dont la fantaisie court à travers un monde d'aphorismes prétentieux, de situations bizarres, de visions hystériques, commençant au babillage d'une servante et finissant au baiser ridicule d'une femme de quarante ans! Sifflé un troisième acte... Oh! le troisième acte!... N'est-ce pas du Girardin, première édition, non corrigée?... Les *Deux Frères* faisant pendant aux *Deux Sœurs?*... Du Girardin, moins... Girardin! c'est-à-dire l'Impossible, moins cette chose étonnante en faveur de laquelle on pardonne tout : l'originalité!

Nous disons, nous autres, ce que nous avons sifflé ; que les partisans de la pièce nous disent ce qu'ils ont applaudi, en dehors du magnifique jeu des acteurs, un seul acte, une seule scène, une situation, un mot, et nous nous déclarons satisfaits.

Il y a eu cabale, prétend-on! Oui, la cabale des indépendants contre les engagés... volontaires ou non !...

Qui siégeait à l'oschestre? Des amis, des amis, et toujours des amis !

Qui siégeait au parterre?... — Un mot, à ce propos, monsieur. On a parlé d'*Hernani!* Est-ce une ironie? A l'époque d'*Hernani*, on livrait le parterre à la jeunesse, et l'on refusait la claque! Mardi dernier, quand les jeunes gens se sont présentés, le parterre était envahi. — Par qui? — Et ses portes fermées. — Pourquoi?... Alors nous avons gagné les hauteurs.

Quant à ceux du parterre, ils ne sifflèrent pas, j'en suis bien sûr, étant de ceux pour qui Boileau n'a pas fait ce vers :

C'est un droit qu'à la porte on achète en entrant.

Mardi, c'étaient les jeunes gens qui sifflaient, et les *genoux* qui applaudissaient! Voilà la petite différence à signaler entre les deux *Hernani*. Ce n'est pas un drapeau autour duquel les frères de Goncourt rassemblaient leurs partisans! C'est un torchon! Nous, nous n'avons pas une sensitive à la place de cœur; nous ne prétendons pas faire un rempart de nos corps à Thalie, et Melpomène nous impose peu! Nous savons chiffonner d'une main osseuse la guimpe des vieilles Muses, et nous accrocher, quand nous voulons rire, à la queue des sourds satyres, amoureux de la joie et de la folie. Est-ce une raison pour ne pas crier : Pouah! quand la fange tente d'éclabousser l'art! Nous n'aimons pas voir sa robe s'accrocher au clou du lupanar, et toute débraillée, titubant à travers les ruisseaux, voir la Muse, le stigmate de l'impudeur au front, s'en aller, psalmodiant des rapsodies sans nom, parmi lesquelles rien ne transpire, ni vérité, ni style, ni inspiration !

Nous ne sommes ni des cabaleurs, ni des amis! Nous avions payé nos places, et seuls peut-être dans toute la salle nous avions l'esprit dégagé de toutes les préoccupations de l'amitié et de la camaraderie. Mais, en vérité, en face des singulières rengaînes qu'on voulait nous faire applaudir et accepter comme une transformation dans l'art, quand nous avons entendu comparer *Hernani* à *Henriette*, nous avons mis les clés à nos lèvres. Une révolution, cela? On ne fait pas des révolutions avec des bonshommes de bois; et si Bobêche avait voulu remplir le rôle de Mirabeau, la foule eût sifflé et tourné le dos. Qu'on nous donne *Ruy-Blas, Othello, Chatterton*, le *Gendre de M. Poirier*, et vous verrez où seront les jeunes gens, et quelle grande cabale d'applaudissements nous nous chargeons de discipliner pour ces *vraies* fêtes de l'intelligence et de l'art !...

C'est sur ce souhait et cette espérance que nous finissons, monsieur. Dussent certains esprits, complaisants *aux douceurs d'une amitié pure*, s'irriter parce que nous préférons *Carmosine* à *Henriette*, nous ne nous attacherons pas à discuter leurs goûts. Seulement, lorsqu'on nous crie : « Adorez ! » — Ma foi, non, nous aimons mieux siffler ! — C'est plus conséquent.

Mettez le bœuf gras dans une charrette, nous nous amusons ; mettez-le sur un autel, nous haussons les épaules ! Les messieurs de Goncourt se sont trompés de porte, ils ont pris la rue Richelieu pour la rue Montpensier ; c'est à recommencer !

Agréez, monsieur, l'hommage de notre considération la plus distinguée.

Charles Dupuy, 23, rue de Condé :
Louis Linyer, 3, rue des Fossés-Saint-Jacques;
Jules Bernard, 3, rue des Fossés-Saint-Jacques;
Georges Nivet, 51, rue Monsieur-le-Prince;
Émile Ranquet, 3, rue du Dragon. »

Figaro-Programme, 9 décembre.

« 11 décembre 1865.

« Monsieur,

Nous avons l'honneur de vous envoyer la copie ci-jointe d'une note qui a couru aujourd'hui à l'École de droit, au cours de M. Colmet de Santerre.

La voici :

« MM. les étudiants en droit sont invités à se rendre ce soir lundi au Théâtre-Français pour siffler la nouvelle pièce, *Henriette Maréchal*. Il faut que la toile tombe au premier acte.

« Signé : PIPE DE BOIS.

« 11 décembre 1865. »

En vous signalant cet étrange mot d'ordre, nous n'avons pas besoin, monsieur, de vous dire que nous désapprouvons complétement, avec l'immense majorité des étudiants, une prétention aussi contraire à la liberté théâtrale qu'aux égards dus aux auteurs et à des acteurs de talent.

A. RAMIER,
étudiant en droit.

D'AIGREMONT,
étudiant en droit.

Opinion nationale, 12 novembre 1865. »

Nous remercions MM. Ramier et d'Aigremont, et tous ceux dont ils sont la voix.

E. ET J. DE G.

Paris. — Imp. Poupart-Davyl et Cⁱᵉ, rue du Bac, 30.